民族文字出版专项资金资助项目

བོད་རིགས་ན་གཞོན་ཕུལ་བྱུང་སྙན་ངག་པའི་སྙན་རྩོམ་ཕྱོགས་བསྒྲིགས།
藏 族 青 年 优 秀 诗 人 作 品 集

[illegible]

当爱情化为星辰

བཀྲ་ཤིས་ཚེ་རིང་གིས་བརྩམས། དཔལ་མགོན་སྐྱབས་ཀྱིས་བསྒྱུར།
扎西才让 著　环更加 译

སི་ཁྲོན་མི་རིགས་དཔེ་སྐྲུན་ཁང་།
四川民族出版社

图书在版编目(CIP)数据

当爱情化为星辰：汉藏对照 / 扎西才让著；环更加翻译. -- 成都：四川民族出版社, 2017.12

（藏族青年优秀诗人作品集）

ISBN 978-7-5409-7329-2

Ⅰ. ①当… Ⅱ. ①扎… ②环… Ⅲ. ①诗集—中国—当代—汉、藏 Ⅳ. ①I227

中国版本图书馆CIP数据核字(2017)第310065号

藏族青年优秀诗人作品集

当爱情化为星辰

DANGAIQING HUAWEI XINGCHEN

扎西才让 著　　环更加 翻译

出版人	泽仁扎西
策划	胡华 周文炯
责任编辑	周文炯 嘎尔玛泽朗
装帧设计	李娟
责任印制	谢孟豪
出版发行	四川民族出版社
地址	成都市青羊工业园区敬业路108号
成品尺寸	148mm×210mm
印张	5.75
字数	126千
制作	成都金色华林美术图案设计有限公司
印刷	成都市金雅迪彩色印刷有限公司
版次	2017年12月第一版
印次	2017年12月第一次印刷
书号	ISBN 978-7-5409-7329-2
定价	35.00元

作者简介：

扎西才让，藏族，1972年1月生，甘肃甘南人。中国作家协会会员，中国少数民族作家学会会员，甘肃省作家协会理事，第二届甘肃诗歌八骏之一，鲁迅文学院第九期少数民族文学创作培训班学员，甘南州作家协会主席。在《诗刊》《十月》《民族文学》《西藏文学》《飞天》《芳草》《红豆》等文学期刊发表作品50多万字。作品曾被《诗选刊》《小说选刊》转载并入选《新中国成立60周年少数民族文学作品选》《70后诗歌档案》《中国诗歌排行榜》《当代西藏汉语文学精选1983–2013》《中国好文学》《中国诗歌白皮书》《当代新现实主义诗歌年选》《散文精选集》等40余部选本。著有诗集两部，小说集一部。

རྩོམ་པ་པོའི་ངོ་སྤྲོད་མདོར་བསྡུས།

བཀྲ་ཤིས་ཚེ་རིང་། བོད་རིགས། ༡༩༧༢ལོའི་ཟླ༡པོར་སྐྱེས།

ཀན་སུའུ་ཀན་ལྷོའི་མི་ཡིན་ལ། ཀྲུང་གོའི་རྩོམ་པ་པོའི་མཐུན་ཚོགས་ཀྱི་ཚོགས་མི། ཀྲུང་གོའི་གྲངས་ཉུང་མི་རིགས་ཀྱི་རྩོམ་པ་པོའི་རིག་གཞུང་ལྷན་ཚོགས་ཀྱི་ཚོགས་མི། ཀན་སུའུ་ཞིང་ཆེན་རྩོམ་པ་པོའི་མཐུན་ཚོགས་ཀྱི་ལས་འཛིན་པ། སྐབས་གཉིས་པའི་ཀན་སུའུ་ཡི་སྙན་ངག་རྟ་མཆོག་བརྒྱད་ཀྱི་ཡ་གྱལ། ལུའུ་ཧྲུན་རྩོམ་རིག་གླིང་གི་སྐབས་དགུ་བའི་གྲངས་ཉུང་མི་རིགས་ཀྱི་རྩོམ་རིག་གསར་རྩོམ་གསབ་སྦྱོང་འཛིན་གྲྭའི་ཚོགས་མི། ཀན་ལྷོ་ཁུལ་རྩོམ་པ་པོའི་མཐུན་ཚོགས་ཀྱི་ཀྲུའུ་ཞི་བཅས་ཡིན། དེ་ཡང་《སྙན་དེབ》དང་《ཟླ་བཅུ་བ》《མི་རིགས་རྩོམ་རིག》《བོད་ལྗོངས་རྩོམ་རིག》《མཁའ་དབྱིངས་སུ་འཕུར》《དྲི་བསུང་》《སྲན་དམར》སོགས་དུས་དེབ་༧༠ལྷག་ཏུ་བརྩམས་ཆོས་ཡིག་གྲངས་ཁྲི་༥༠ལྷག་སྤེལ། བརྩམས་ཆོས་《སྙན་ངག་བདམས་བཀོད》དང་《སྒྲུང་གཏམ་བདམས་བཀོད》དུ་བཀོད་པར་མ་ཟད།《ཀྲུང་གོ་གསར་བ་ཚུགས་ནས་ལོ་འཁོར༦༠ལོན་པའི་གྲངས་ཉུང་མི་རིགས་ཀྱི་རྩོམ་རིག་བདམས་བཀོད》དང་《དུས་རབས་བདུན་ཅུ་རྗེས་ཀྱི་སྙན་ངག་གི་ཡིག་ཚགས》 ཀྲུང་གོའི་སྙན་ངག་གི་ཨང་རིམ》《དེང་རབས་བོད་རྒྱའི་སྐད་ཡིག་གི་རྩོམ་རིག་གཅེས་བཏུས༡༩༨༣—༢༠༡༣》《ཀྲུང་གོའི་ལེགས་རྩོམ》《ཀྲུང་གོའི་སྙན་ངག་དེབ་དཀར》《དེང་རབས་དངོས་ཡོད་རིང་ལུགས་གསར་བའི་སྙན་ངག་ལོའི་བདམས་བཀོད》《ལྷུག་རྩོམ་ཉིང་བཏུས་ཚོམས་བུ》སོགས་དེབ་བཞི་བཅུ་ལྷག་ཏུ་བརྩམས་ཆོས་བཀོད་ཅིང་། གྲགས་ཆེ་བའི་སྙན་རྩོམ་ཁག་གསུམ་ཡོད།

一切诗歌都从“当地”产生（序）

吉狄马加

此次，四川民族出版社推出的王志国、扎西才让、嘎代才让、白玛央金、单增曲措、刚杰·索木东、蓝晓、唐闯（洛让）、德乾恒美、琼吉等十位藏族青年诗人的诗丛，在我看来具有重要的意义。四川民族出版社此次给诗人做了件大好事，这点是我要再三强调的。对于青年诗人的扶持以及群体的整体性推出，不仅需要出版社的眼光，还需要一定的勇气。因为诗歌不同于小说或网络文学，后者一定程度上已经成为文学工业的重要链条和构成，出版也随之带有了商业的气息。而诗歌，尽管当下诗坛繁荣火热，但是无论是诗歌写作者还是诗歌读者仍然具有小众和精英的特征。尤其是对于不同地区的少数族裔的青年诗人来说，亟须各种平台对他们予以推介。

由少数民族的青年诗人，我想到了1986年参加诗刊社第六届青春诗会的情形，那届参会的诗人还有于坚、韩东、翟永明和车前子等。当其他参会的青年诗人强调生命体验、现实感和诗歌本体性的时候，我最先提出了诗人尤其是少数民族的诗人身份与地方性知识之间的深入关联。这对后来全球化和城市化加剧的现实反而具有了前瞻性，“诗再不能成为一个无端的游物了，它应该回到自己的土地上来。正如美国诗人威廉·卡洛斯·威廉斯所说的那样‘我相信一切艺术都是从当地产生，而且必须如此，因为这样我的感官才能找到素材’，‘地方性的东西是唯一能成为普遍性的东西’。诗歌在走向自身的同时，必须走向土地。我们指的走向土地，实际上是人和自然在一种真正意义上的亲近，是人同他生活的土地的历史在更高层次上的对话，是人在各个方面展现出独特的文化结构和审美意识”（《诗刊》1986年第11期）。三十多年前的这段话，我想和此次入选的十位藏族青年诗人以及其他地区、其他民族的诗人朋友们分享。因为，诗人与地方性知识、民族文化的关系不只是面对当今城市化和全球化日益加速的现实，还在于强化一个诗人的精神出处和写作身份问题。诗不是简单地“寻根”和回到“故乡”，也不是一味的乡愁和单纯地对自然的赞美。诗必须在语言和灵魂中完成命名和发现。一切诗歌都是从“当地”产生，诗歌应该是有根的，有根的诗歌才有生命力和创造力。

对于藏族诗歌而言，无论是藏语写作还是汉语写作还是一些诗人同时进行的双语写作，都具有深厚的文学文化传统——比如地方知识、民族文化、区域历史、史诗、地方歌谣等等，都有着深厚的文化积淀。我国历史上不同时期都涌现出了大量优秀的甚至伟大的少数民族诗人。进入到当下，随着阅读、写作和传播的新媒体化，少数民族诗歌生态在持续健康发展，写作格局多元而充满活力。尤其是年轻的少数民族诗人，其眼界更为开阔，写作风格更为多样。确实，与过去的诗人相比，他们在阅读资源、精神资源、写作能力等方面都体现出了一些新貌。这一新貌具体体现在眼光、视野、情怀、个人能力以及对题材处理和修辞技艺的把握等等方面。尤其是摆在我面前的十部诗集，这些70后和80后的十位藏族青年诗人来自不同的藏区，比如西藏、甘肃、青海、四川和云南等地。这一次他们的集体亮相对于我们的读者和专业批评家来说提供了一次非常好的阅读机会。这对于理解他们的诗歌面貌、精神背景、地域文化和传统资源以及他们所展示的新的变化会有非常大的帮助。他们是面向未来的写作者，写作前景是开阔的。回到这十位青年藏族诗人，他们的诗歌在阅读过程中给我带来了一次次的喜悦甚至惊异。从诗歌写作内部来看，尽管他们都是藏族诗人，但是其写作的差异也是明显的。地方空间、民族身份和文化传统以及日常经验只是给写作者提供了一定的资源和际遇，但最重要的还在于诗人通过语言、想象和技艺进行转化、过滤和提升。每一个诗人都应该有属于自己的独特声音和腔调，每一个真正优秀的诗人都是不能被其他任何时代的诗人所取代的独特的“这一个”。显然，他们正在向着独特的“这一个”努力。诗歌不只是要回到故乡和出生地，还要走出去面对时间、未知、历史和世界，“一身寒意，来自我们 / 对未知的畏惧”（王志国）。诗是过去时和当下时间的回响，是不同时间观和个体经验、现实经验的对话甚至碰撞，“这是被特意留下的一叠诗卷 / 讲述的是粘满霜的草地、古寺和经幡 / 有关黎明前的河流。 // 之后，我瞩目逃亡的羊群——”（嘎代才让）。这十位诗人的特点和风格，限于篇幅我在这里不能一一详尽叙述，但是整体上而言他们已经呈现出了多元化的写作方向，比如现代主义和象征主义的结合，比如得到改造的区别于传统意义的现实主义，比如有的深情、质朴，有的追求深度和智性的难度，有的语言更为个人化，有的语言则明显受到了民族歌谣的影响。从写作经验来看，他们对于故乡和土地、自然以及民族的抒写是怀着深深的赞颂的，当然在城市化的影响下我们也看到了一些诗人内心的焦虑与不安。如何把这种赞美和不安融入诗行并区别于同民族、同题材的诗歌，这是写作的关键所在。但是，我也想提醒几句。诗歌不能成为民族风景画的平面描写，不要陷入符号化的民俗地理的介绍当中，而是要有自己独特的发现。诗人之间影响的焦虑，尤其是强势文化对边缘文化的影响在写作和阅读中是不可忽视的。而对于少数民族诗人来说，他们不仅面对着巨大的传统以及前代的优秀诗人和重要文本，而且还要与同时代的其他区域、其他民族和其他风格的诗人进行比较。尤其是在写作能力整体提升的语境之下，青年诗人不仅要在藏语诗歌文化内部进行历史的比较和现实的评估，还要放开眼界向同时代的诗人甚至全球范围内不同语种的伟大诗人们学习。尤其是在整体性和总体性缺失的时代，正在流行的是碎片化的写作。而真正伟大的写作，不仅是个人的，现实的，也是历史的和人类的。没有眼界的写作是狭窄的，没有比较的写作是狭隘的，没有历史感的写作是没有持续的生命力的。所以，我希望这十位藏族青年诗人以及当下的青年诗歌写作者们，能够从我说的话中得到某种启发。

尤其需要强调的是，此次十位青年诗人的诗集是汉语藏语双语版的。

这在以往的少数民族诗歌和文学出版上并不多见。全球化和空前交互性的时代，诗歌和文学的跨文化、跨语际、跨族别的传播和对话空前活跃，而且越来越凸显出了交流的重要性。而汉语和藏语双语诗集的推出，无论是对于汉语阅读还是藏语阅读，甚至对于语言的翻译和文字转换而言，都提供了一次非常丰富的阅读空间，并且可以预期这样的出版将有效地推动诗歌的传播，并且其所面对的读者群更为广阔。我真心希望这样的出版能够持续下去并且能够在更广大的空间予以推广，从四川民族出版社的个人行为变成民族和国家的出版工程。不仅关注藏族诗人，而且要对各个民族的诗人予以关注，这将会带动整个民族写作。这不仅便于不同语言和民族的诗人相互学习，而且会让更多的读者和专业批评家关注少数民族诗歌写作的当代状貌和深层变化。我想，随着类似于四川民族出版社的全国范围内的出版工程的推广和扩大，那时，我们看到的诗人、诗歌以及当代少数民族诗歌史的发展将是非常不同的，而更具出版史、诗歌史、传播史和民族史的意义。

作为一个写作年龄三十多年的诗人，我对这些藏族年轻诗人以及其他少数民族的诗人充满了期待。

是为序。

2017年12月，深夜，于中央党校

目 录

1 格桑盛开的村庄

3 黑夜的女儿

4 黑夜掠过甘南

6 1990：初恋

11 你的成熟

13 我的寂寞

14 色

16 青海姑娘

18 梦 魇

20 往年雪

22 我的诗歌北方

24 现 在

26 阿卓姑娘

28 快

30 达瓦桥

31 到卓庄去找阿卓

33 格 河

དཀར་ཆག

2 སྐལ་བཟང་མེ་ཏོག་བཞད་པའི་གྲོང་སྡེ།

3 སྨག་ནག་གི་སྲས་མོ།

5 སྨག་ནག་གིས་གཡོག་པའི་ཀན་ལྷོ།

8 ༡༩༩༠ ཆུང་འགྲོགས།

12 ནར་སོན་པའི་ཁྲིད་ཉིད།

13 སུན་སྣང་གིས་གདུང་བའི་ང་རང་།

15 ཁ་དོག

17 མཚོ་སྔོན་གྱི་བུ་མོ།

19 རྨི་ལམ་གྱི་ཁ་གཉོན།

21 སྤུར་ལོའི་ཁ་བ།

23 ངའི་བྱང་ཕྱོགས་ཀྱི་སྙན་ངག

25 ད་ལྟ།

27 བུ་མོ་ཨ་སྒྲོན།

29 འགྲོས།

30 ཟླ་བའི་ཟམ་པ།

32 གཙོད་གྲོང་དུ་ཨ་སྒྲོན་བཙལ་དུ་ཕྱིན་པ།

33 དགུ་ཆུ།

34　在麻路乡村酒店
36　伤心人
37　爱也寂寞
38　衰　老
40　祭阿卓
42　情　歌
44　醉　歌
45　初 见
47　你穿着紧身牛仔裤
48　你　是
50　在黄河湿地
51　我爱你不忍分离
52　来吧，我的爱人
54　我承认我曾经爱过你
56　落　下
57　夜生活像个暴君
59　第二天的战争

35 སྨད་ལོ་སྔེ་གྲོང་གི་ཆང་ཁང་།
36 ཡིད་སྐྱོ་བའི་མི།
38 བརྩེ་བའང་ཁེར་རྐྱང་ཡིན།
39 ཐུད་པ།
41 ཨ་སྒྲོན་རྗེས་དྲན།
43 བརྩེ་གཞས།
44 ཆང་གཞས།
46 ཐོག་མར་འཕྲད་པ།
48 ཁྱོད་ཀྱིས་སྣང་རྫེའི་དོར་མ་གྱོན་ཡོད།
49 ཁྱོད་ནི།
51 རྨ་ཆུའི་བརྟན་ས་ཏུ།
52 ད་ཕྱིད་ཀྱི་འབྲལ་མི་བཟོད་པ་དེར་དགའ།
53 ནོག་དང་། བདག་གི་དགའ་མ།
55 ཁྱོད་ལ་དགའ་སྙིང་བ་ངས་ཁས་ལེན།
56 ལྷུང་བ།
58 མཚན་མོའི་འཚོ་བ་ནི་རྗེ་བོ་གཏུམ་པོ་ཞིག་གོ
60 ཉིན་གཉིས་པའི་སྣན་ག།

61　只留下你一个人了
62　总有那么一天
65　香浪节
67　我　俩
69　桑多河四季
71　当我从群山之巅回到小镇
73　死　者
75　桑多的樱桃熟了
77　扎西吉，你能带走我吗?
78　你
80　达娲谣
82　桑多镇檐雨
84　嫁接的树
86　我　们
88　爱情之星
90　当爱情化为星辰
92　夜幕下的交际舞

62 ཁྱོད་གཅིག་པུ་ལས་མི་འདུག

64 ཉིན་དེ་འདྲ་ཞིག་ཡོད་སྲིད།

66 གནས་སྐོར་དུས་ཆེན།

68 ངེད་གཉིས།

70 སུམ་མདོ་ཆུའི་དུས་བཞི།

72 རི་རྩེ་ནས་ཕྱིར་གྲོང་རྡལ་ཆུང་ངུར་ལོག་པ།

74 འདས་པོ།

76 སུམ་མདོའི་ཁམ་སྡོང་སྨིན་སོང་།

77 བཀྲ་ཤིས་སྐྱིད་ལགས། ཁྱོད་ཀྱིས་ང་རང་འཁྲིད་ཐུབ་བམ།

79 ཁྱེད།

81 ཟླ་བའི་མཚལ་གཏམ།

83 སུམ་མདོ་གྲོང་རྡལ་གྱི་ཆར་པ།

85 འབྲས་བུ་སྨིན་པའི་སིལ་སྡོང་།

87 ང་ཚོ།

89 བརྩེ་དུང་གི་སྐར་མ་སྨིན་དྲུག

91 བརྩེ་དུང་ནི་རྒྱུ་སྐར་བཞིན།

93 མཚན་རྟོགས་ཀྱི་སྤྱི་འབྲེལ་བྲོ་གར།

94 初　春
97 四　季
99 她
100 另一个女人
103 星辰之下
106 她们只有空空的寂寞
108 脆弱的玻璃
110 叙　述
112 女　神
113 甘南情歌
131 情爱志
145 老相好

95 དཔྱིད་འགོ
98 དུས་བཞི།
99 ཕོ་མོ།
102 བུ་མོ་གཞན་ཞིག
104 སྐར་ཚོགས་འོག་ཏུ།
107 ཕོ་མོ་ཚོར་ཁེར་རྐྱང་གི་གདུང་བ་ལས་མེད།
109 ཉམ་ཐག་པའི་ཤེལ་སྒོ།
111 ཞིབ་བརྗོད།
113 ལྷ་མོ།
123 ཀུན་སློའི་བརྩེ་གཞས།
138 ཁག་གཉིས་པ། བརྩེ་དུང་གི་གཏམ་རྒྱུད།
154 ཁག་གསུམ་པ། འཛད་གྲོགས་རྙིང་པ།

格桑盛开的村庄

——献给少女卓玛

格桑盛开在这村庄
被藏语问候的村庄，是我昼夜的归宿
怀抱羔羊的卓玛呀
有着日月两个乳房，是我邂逅的姑娘

春天高高在上
村庄的上面飘舞着白云的翅膀
黑夜里我亲了卓玛的手
少女卓玛呀！你是我初嫁的新娘

道路上我远离格桑盛开的村庄
远离黑而秀美的少女卓玛
眼含忧伤的姑娘呀
睡在格桑中央，是我一生的故乡

སྐལ་བཟང་མེ་ཏོག་བཞད་པའི་གྲོང་སྡེ།

——ན་ཆུང་མ་སྒྲོལ་མ་ལ་ཕུལ།

སྐལ་བཟང་མེ་ཏོག་ནི་གྲོང་སྡེ་འདིར་བཞད་ཅིང་།
བོད་སྐད་ཀྱིས་ཕྱུག་པའི་གྲོང་སྡེ། ངའི་སྣག་རིམ་ཁྱོད་ཀྱི་གནས་ཚང་ཡིན།
ཡུ་གུ་པང་དུ་བཟུང་བའི་སྒྲོལ་མ་ལགས།
ཉི་ཟླ་ལྟ་བུའི་སྨྱོས་བུམ་དེ་གཉིས། སློབ་བུར་དུ་བྱུང་བའི་དྲན་སྣང་ཡིན།

དཔྱིད་ཀྱི་དཔལ་མོ་ངང་གིས་ཐོན་བྱུང་།
གྲོང་སྡེ་འདིའི་མཐོངས་དབྱིངས་སུ་སྤྲིན་དཀར་གྱི་གཤོག་འགྱུར་རོམ།
སྣག་ཐུམ་ཁྱོད་སྒྲོལ་མའི་ལག་པར་འོ་བྱས།
ན་ཆུང་མ་སྒྲོལ་མ་ལགས། ཁྱེད་ནི་ངའི་གསར་དུ་བསུས་པའི་བག་མ་ཡིན།

སྐལ་བཟང་མེ་ཏོག་བཞད་པའི་གྲོང་སྡེ་དང་གྲིས་སོང་།
གནག་ཅིང་ཡིད་དུ་འོང་བའི་སྒྲོལ་མ་དང་གྲིས་སོང་།
མིག་ཟུང་ཁྱོད་སྐྱོ་གདུང་མདོན་པའི་གཞོན་ནུ་མ།
མེ་ཏོག་ཁྱོད་ཡུན་གྱིས་གཉིད་ཅིག ངའི་ཚེ་གཅིག་གི་གནས་ཚང་འདི་ཡིན།

黑夜的女儿

我愿是雄鹰
我的天空
要献给飞翔

我愿在黑夜里飞翔
黑夜的女儿打开宫门
黑夜的女儿，是花房姑娘

她有着深邃的眼睛
玉脂一样的胴体
和九月金菊清新的芳香

她浑身散发着琥珀般的月光

སྨག་ནག་གི་སྲས་མོ།

རྒོད་པོ་ཞིག་ཡིན་འདོད།
ངའི་ཨ་སྔོན་ནི།

འཕུར་ལྡིང་ལ་འབྱུལ་འདོད།

སྨག་ནག་ཁྲོད་ལྡིང་སྐོར་བྱེད་འདོད།
སྨག་ནག་གི་སྲས་མོས་ཕོ་བྲང་གི་སྒོ་མོ་འབྱེད་ནས།
སྨག་ནག་གི་སྲས་མོ། མེ་ཏོག་ཁང་བཟང་གི་སྲས་མོ་ཡིན།

མོ་ལ་ཆུ་ཤེལ་ལྟ་བའི་མིག་ཟུང་དང་།
སྨུག་ཤིང་ལྟ་བུའི་སྐྱེ་ལུས།
སྤྲུལ་གྱི་དྲི་མས་རབ་ཏུ་སྦུག།

མོའི་ལུས་སྟེང་དུ་སྤོས་ཤེལ་གྱི་མདངས་ལྟར་མཛེས་པའི་ཟླ་འོད་འཚེར་བཞིན་མཆིས།

黑夜掠过甘南

诗歌：被风吹拂着的草地
诗人：被时光忘却的歌手
黑夜如风似影掠过甘南

冷冷落落只剩下我的姑娘
只剩下我的疾病占据内心
我的爱夺我走唯一的食粮

第一的食粮是诗歌
第二的疾病是姑娘
都是歌手无限向往的天堂

将来啊，我的女儿夜晚开花
得遇荒诞的诗人
接着，就是那失火的天堂

སྨག་ནག་གིས་གཡོག་པའི་ཀན་ལྟོ།

སྙན་ངག རླུང་འཚུབ་ཀྱིས་བཤུས་པའི་རྩྭ་ཐང་།
སྙན་ངག་པ། ལོ་ཟླའི་བརྗེད་ཐོར་བཀོད་པའི་གླུ་པ།
སྨག་ནག་གིས་སྐད་ཅིག་ལ་ཀན་ལྟོ་གཡོགས།

ཁ་འཐོར་དུ་སོང་བའི་ངའི་གཞོན་ནུ་མ་ལས་མ་ལྷག
སྟུང་གཞིའི་མནར་བའི་ངའི་སེམས་པ་ལས་མ་ལྷག
ངའི་བརྩེ་དུང་གིས་ངའི་ལམ་རྒྱགས་གཅིག་ཕུའང་འཁྱོག་སོང་།

ལམ་རྒྱགས་ཐོག་མ་ནི་སྙན་ངག་ཡིན་ལ།
སྟུང་གཞི་ཐོག་མ་ནི་གཞོན་ནུ་མ་ཡིན།
གླུ་བའི་དྲན་སྣང་དུ་སོན་པའི་ཤམ་བྷ་ལའི་ཞིང་ཁམས་རེད།

མ་འོངས་པར། ངའི་གཞོན་ནུ་མའི་མེ་ཏོག་མཚན་མོར་བཞད་ཅིང་།
ཨུ་ཐུག་ཏུ་ལུས་པའི་སྣན་ངག་པར་འཕྲད་བྱུང་།
དེ་དང་བསྟུན་ནས། མེ་སྐྱོན་དུ་ཤོར་བའི་ཤམ་ལྷ་ལ།

1990：初恋

A

恍若隔世的桃花，

我亲历了她的出现：

宁静，羞涩，舒展着朵朵温柔花瓣

那轻盈，那婀娜

那倾人的顾盼流离

那瞬间的震颤，是一道闪电

难道是前世的因缘

一场内心风暴

要惊醒昏睡的少年

B

早起的女孩梳妆打扮

在镜中开一朵甜美的笑
接着就打开了一扇春天

那个春天新鲜而迷人
它有着一汪明净蓝天

我在她的窗下徘徊，逗留
且喟叹……怅望着她的倩影
突觉异样的辛酸

“我不过是天空中的一片云
偶尔投影到她的波心”
就这样抑制着自己的思念

C
但我经历了那美好瞬间：
在剧烈心跳中握住纤纤玉手
红润的嘴唇也轻轻发抖……

那黄昏，比昙花一现还要短暂
终于有那倾城的一笑
消淡了我的忧郁与不安

终于有青春的笔

在早晨记下我的热爱
又在夜里记下她轻吐的诺言

D
昨天含苞的欢爱之花
却在今日遇霜凋零

熄灭了啊，那激情，那渴念
那幻想中的爱的光明

只留下海誓山盟。只留下
一条清冷的大街被落叶覆盖

只留下一页诗笺：
“那瞬间的震颤，是一道闪电！”
只留下一条寂然背影令人心酸

༡༩༩༠ ཆུང་འགྲོགས།

ཀ།
འཇིག་རྟེན་ལས་བྲལ་བའི་ཁམ་བུའི་མེ་ཏོག

ཁྱེད་ཉིད་བཞད་པ་མཐོང་བྱུང་།
ལྷིང་འཇགས། ངོ་གནོང་བ། མེ་ཏོག་གི་འདབ་མ་རེ་རེའི་ཞི་དུལ་མངོན་འོང་།

ཞི་འཛམ་དེ་དང་། སྒེག་ཉམས་དེས།
དབང་མེད་པའི་རྣམ་ཤེས་བཀུག་འོང་།
སྐད་ཅིག་ཏུ་བྱུང་བའི་ཚོར་བ་ནི། གློག་ཞག་ཞིག་དང་འདྲ།

སྐྱེ་བ་སྔོན་གྱི་ལས་དབང་ཡིན་ནམ།
ནང་སེམས་ཀྱི་འགྱུར་བ་རེ་རེས།
གཉིད་དུ་ཡུར་བའི་བུ་ཆུང་སད་པར་བྱས།

四

སྔ་མོར་ལངས་པའི་གཞོན་ནུ་མའི་གད་བདར་བྱེད་བཞིན།
མེ་ལོང་དུ་ཡིད་འགུག་པའི་འཛུམ་མངོན་བྱུང་།
སེམས་ཀྱི་སྒོ་མོ་སྒེག་ལྡན་འཛུམ་གྱིས་ཕྱེས།

འཛུམ་མདངས་ཀྱིས་བཟི་བར་བྱེད་ཅིང་།
ནག་ནོག་གིས་མ་གོས་ཤིང་གཡའ་དག་པར་འདུག
སྒེའུ་ཁུང་འགྲམ་ངོགས་སུ་ཕར་འགྲོ་ཚུར་འོང་བྱེད་པའི་ང་རང་།
ཁོ་མོའི་རྒྱབ་གཟུགས་ལ་ལྷ་ཞོར།
སེམས་པ་དབང་མེད་དུ་སྡུག་གིས་མནར།

ང་ནི་ཨ་སྔོན་དུ་རྒྱུ་བའི་སྤྲིན་དཀར་ཕུང་པོ་ཅིག་སྟེ།
སྐབས་རེར་ཁོ་མོའི་སེམས་པ་འགུག་སྲིད།

འདི་ལྟར་རང་ཉིད་ལ་སེམས་གསོ་ཙམ་བྱས།

ག།

དགའ་བའི་དཔལ་གྱིས་བདེ་བ་ཧྲོག་ཙམ་གྱི་རིང་ལ།
དབུགས་ཀྱི་རྒྱུ་བ་མགྱོགས་ཤིང་ལག་པ་དམ་པོར་འཛུས།
མཆུ་སྒྲོས་ལྷབ་ལྷུབ་ངང་འགྱུལ་བཞིན་གདའ།

ས་སྲོད་དེར། སྐད་ཅིག་དེ་ཉིད་དུ་འདས་སོང་།
ཡིད་འགྱུག་གི་འཛུམ་ཆུང་ཧྲོན་མོ་དེས།
སེམས་ཀྱི་སྒྲོ་གདུང་ཡལ་བར་བྱས་སོང་།

ལང་ཚོའི་སྨྲུ་གུ་ལ་ཁ་ལོ་བསྒྱུར་ནས།
ཞོགས་པར་ང་ཡི་བདེ་སྣང་ཡིག་ངོར་ཕབ།
མཚན་མོའི་དམ་ཚིག་རྗེན་པོ་དེའང་གཏུད་མར་བྲིས།

ང'།

ཁ་སང་སྨིན་པའི་བརྩེ་དུང་གི་གང་བུ་དེ།
དེ་རིང་བལ་དང་སད་ཀྱིས་བཙོམ་སོང་།

བདེ་སྣང་དེ་དང་དྲན་གདུང་དེ། གཞི་ནས་ཡལ་སོང་།
རེ་སྐྱེགས་ཀྱིས་ཁེངས་པའི་བརྩེ་དུང་གི་འོད་སྣང་དེ།

མཐའ་དང་དམ་བཅས་གྲུབ་པའི་སྐད་ཆ་སྙན་མོ་ལས་སྒྱུར་མེད།
ཁེར་རྐྱང་དུ་ལུས་པའི་གྲང་ལམ་དེ་སྟོང་ལོའི་ཁེབས་སོང་།

སྙན་ཚིག་ཚིག་རྐང་འགའ་ལུས་ཡོད་དེ།
སྐད་ཅིག་ཏུ་བྱུང་བའི་ཚོར་བ་ནི། སྒློག་ཞག་ཞིག་དང་འདྲ།
སྨུན་སྣང་གིས་མནར་བའི་སེམས་པ་ཞིག་ལས་ལུས་མེད།

你的成熟

生命如此鲜活，成熟在意料之中
正如这个秋季
水果装箱，你要出嫁

你的成熟是一种痛
我不告诉别人
我只大声地喊给树洞

成熟不可阻遏，这惯性的力
正如这个秋季
那些草都结了籽

草籽，草籽
一半想孕育生命
一半如我，死守着内心的秘密

ནར་སོན་པའི་ཁྲེད་ཉིད།

ཚེ་སྲོག་ལ་གསོན་ཤུགས་འཛོམས་ཏེ། ལོ་ཟླའི་ཁྲོད་ཡུན་གྱིས་ནར་སོན་བྱུང་།
སྔོན་ཟླ་འདི་དང་འདྲ་བར།
སིལ་ཏོག་སྨམ་ལ་བཙུག་ནས། གཉེན་གྱི་ཇོངས་བར་སྐྱལ།

ཁྲེད་ཉིད་ནར་སོན་པ་ནི་སྡུག་བསྔལ་ཅིག་སྟེ།
སུ་ལའང་བརྗོད་འདོད་མེད།
སྐད་གསེང་མཐོན་པོས་སྔོང་སྐམ་ལ་ལབ་འདོད།

ནར་སོན་པ་འགོག་ཐབས་མེད་ལ། འཇིག་རྟེན་གྱི་ཆོས་ཉིད་རང་རེད།
སྔོན་ཟླ་འདི་དང་འདྲ་བར།
རྣ་སྟོན་སྐམ་ནས་རྫི་མགོ་འཐོར།

རྫི་མགོ། རྫི་མགོ།
ཚེ་སྲོག་ལ་གསོན་ཤུགས་སྦྱིན་འདོད་ལ།
ཡང་ན་ང་དང་འདྲ་བར། སེམས་ཁོངས་ཀྱི་གསང་བ་སྨྲ་བར་འདོད།

我的寂寞

我的寂寞在幽暗的长廊里爬行
凝滞的空气紧裹着它的躯体
直到月出
直到恋人们惊动了古园的精灵

我的寂寞在冰凉的长椅上蜷缩
安静的秋霜覆盖了它的躯体
直到日出
直到鸟雀们唤醒了我对早晨的美好记忆

སྱུན་སྣང་གིས་གདུང་བའི་ང་རང་།

ངའི་སྱུན་སྣང་དེ་སྨག་རིམ་གྱིས་ཁེབས་པའི་འཁྱམས་རར་ནུར་བཞིན་འདུག
ཏང་སངས་པར་ཡོད་པའི་མཁའ་དབུགས་ཀྱིས་ཁོ་བོའི་ལུས་པོ་བསྡམས།
ཟླ་འོད་འཕགས་པའི་བར་དུ་བསྡམས།
མཛའ་གྲོགས་ཀྱིས་ལྷིང་འཇགས་ཀྱི་གནའ་གྲོང་དཀྲོགས་པའི་བར་དུ་བསྡམས།

ངའི་སྱུན་སྣང་དེ་འཁྱག་སིབ་སིབ་ཀྱི་རྐུབ་སྟེགས་སྟེང་བཀུམ་ནས་འདུག

ཁྲུ་སྲུམ་མེར་སྡོད་པའི་སྔོན་བལ་གྱིས་ཁོ་བོས་ལུས་པོ་བསྡམ།
ཉེ་གཞོན་འཕགས་པའི་བར་དུ་བདམས།
བྱ་དང་བྱེའུའི་ཞོགས་པའི་དྲན་སྣང་སངས་པའི་བར་དུ་བསྡམ།

色

那色是一条蚰蜒
来自美丽的青海湖畔

她曾在我的河岸驻足
她说：我更喜欢潮湿与黑暗

我想结一张网
网住她的修长肢体
网住我的异域情缘

她说：我爱邂逅
但我更喜欢遥远

那色是一条蚰蜒
是一种毒
在寂寞石块下安眠

ཁ་དོག

ཁ་དོག་དེ་ནི་འབུ་རྐང་བརྒྱ་ལག་བརྒྱ་ཞིག་ཡིན།
མཚོ་སྔོན་པོའི་འདབས་རོལ་ནས་འོང་།

ངའི་གཙང་ངོགས་སུ་གནས་བཅའ་སྒྲོང་ལ།
བརྟན་བཞེར་དང་སྨུན་ནག་ལ་སྦྲོ་བར་ལབ་སྒྲོང་།

ངས་ནི་རྒྱ་འཛུགས་འདོད།
ཁོ་མོའི་རྐང་ལག་སྟོམ་པར་བྱེད་འདོད།
ལས་དབང་གི་བརྩེ་འདང་སྟོམ་པར་འདོད།

མོ་རང་གློ་བུར་འཕྲད་པར་སྦྲོ་ཟེར།
ང་ནི་རྒྱང་ལྟ་བྱེད་པར་དེ་བས་སྤྲོ།

ཁ་དོག་དེ་ནི་འབུ་རྐང་བརྒྱ་ལག་བརྒྱ་ཞིག་ཡིན།
དེ་ནི་དུག་ཏུ་བརྩེ་ལ།
འཁྲུགས་སིབ་སིབ་ཀྱི་རྫེ་ལེབ་འོག་གཉིད་དུ་ယུར།

青海姑娘

青海姑娘，你是青冰上盛开的牡丹
你是我前定的姻缘
是我的念想，模糊而遥远

青海姑娘，我在高原小镇过夜
你温暖的怀抱里歇下我的困倦
你呢喃的声音里有了我的睡眠

多少日子里
青草在高原上生生不息
而我在一首民谣里，就把你的脸蛋梦见

我能够远离青海的一汪蓝天
甚至远离家园。但是啊青海姑娘
我不能远离你红嘴唇轻许的诺言

མཚོ་སྔོན་གྱི་བུ་མོ།

མཚོ་སྔོན་གྱི་བུ་མོ། ཁྱེད་ནི་དར་སྔོན་སྟེང་བཞད་པའི་མེ་ཏོག་རྐང་གཅིག
ཁྱེད་ནི་ལས་ཀྱིས་འཕྲད་པའི་བཟའ་ཚང་ཡིན་ངེས།
ངའི་དྲན་གདུང་ཡིན། རྒྱང་རིང་ལ་མག་མོག་ཏུ་སྣང་།

མཚོ་སྔོན་གྱི་བུ་མོ། མཐོ་སྒང་གི་གྲོང་བརྡལ་དུ་ཞག་སྡོད་བྱེད་དུས།
ཁྱེད་ཀྱིས་དྲོད་ཁོལ་གྱི་པང་རྡུམ་ནས་ངལ་དུབ་སེལ།
ཁྱེད་ཀྱིས་སྣན་འཇེབས་ཀྱི་དབྱངས་རྟར་སྟེབས་ནས་གཉིད་དུ་ཡུར།

ཉིན་ཞག་མང་པོར།
རྔུ་འཇམ་གྱིས་མཐོ་སྒང་ཡོངས་སུ་བརྒྱན་ལ།
དམངས་གླུ་སྙན་མོ་ཞིག་གི་གདངས་ལ་འགྲོགས་ནས། ངས་ཁྱེད་ཀྱི་ངོ་གདོང་རྨིས་བྱུང་།

སྔོ་ཞིང་དྭངས་པའི་མཚོ་སྔོན་གྱི་མཁའ་དབྱིངས་ལ་ཁ་བྲལ་ཡོད་ལ།
མཛེས་པའི་ཕ་ཡུལ་དང་གྱེས་ཐུབ། ཡིན་ཡང་། མཚོ་སྔོན་གྱི་བུ་མོ།
ཁྱེད་ཀྱི་དུང་སེ་སུམ་ཅུ་ལས་བྱུང་བའི་དམ་བཅའ་ཚིག་དང་འབྲལ་ཐབས་མེད།

梦　魇

山谷里的某处，蝮蛇离开了它的洞穴
一个猎人重新选择了猎物
他比狼还多出一对警惕的眼睛

森林里的某处，松脂在地下成为琥珀
我知道我已经爱上了你
却走不出那水晶般的迷宫

一只蝴蝶，在飞翔中会像片雪花
而我，被根深蒂固的欲望支撑着
成为你无法摆脱的影子

我被困在梦里，我的父母在叫我
我应答着，却总是走不出
危机四伏的爱的丛林

རྨི་ལམ་གྱི་ཁ་གནོན།

ལུང་ཤུར་གྱི་གནས་ཤིག་ན། དུག་སྦྲུལ་སྔོན་ནས་ཁྱུང་བུ་ལས་ཐོན་བྱུང་།
རྫོན་པའི་རྫོན་གྱི་ཁ་ཕྱོགས་བསྒྱུར་དགོས་སོང་།
ཁོ་ལ་སྒྲུང་གི་ལས་ཀྱང་རྫེ་བའི་མིག་ཟླུང་ཞིག་མཆིས།

ནགས་ཚལ་གྱི་གནས་ཤིག་ན། ཐང་ཆུ་ས་ལ་ལྷུང་ནས་སྨྱོས་ཤེལ་དུ་གྱུར།
ང་རང་ཁྱེད་ལ་དུང་བ་ངས་རྟོགས་སོང་།
ཁྱེད་ཀྱི་ཆུ་ཤེལ་ལྟ་བུའི་ཕོ་བྲང་ལས་ཐར་ཐབས་མེད།

ཕྱི་ལེབ་ཅིག མཁའ་དབྱིངས་ན་ལྡིང་སྐོར་རྒྱག་དུས་ཁ་བ་ལེབ་མོ་ཞིག་དང་
མཇུངས།
འོན་ཀྱང་། ཐོབ་འདོད་ཀྱི་འདུན་པ་དྲག་པོ་དེ་རུས་པའི་ཁང་དུ་ཟུག་ནས།
ཁྱེད་དང་འབྲལ་ཐབས་བྲལ་བའི་གྲིབ་མ་ལྟར་གྱུར་འདུག

ང་རང་རྨི་ལམ་དུ་བཙུག་ནས། རང་གི་ཕ་མས་འཐོད་བཞིན་པ་ཐོས།
ངས་ཨ་ལན་བྱིན་མེད། འོན་ཀྱང་རྨི་ལམ་ལས།
ཉམས་ཉེན་གྱིས་ཁེངས་པའི་བརྩེ་དུང་གི་ནགས་གླིང་དུ་ཚུད།

往年雪

当柳树杨花，燕子回来
当风筝融于蓝天
一个爱你很久的人，要离开了

他从雪山上下来
手里捧着高山杜鹃
这个爱你很久的人，要离开了

放学铃声再度响起
瘦弱的男孩等待着转学的消息
这个爱你很久的人，要离开了

既然他无法得到你的垂青
你的心海里始终没有他的小舟
那他只好像往年雪那样真的离开了

སྤུར་ལོའི་ཁ་བ།

ལྷང་སྐྱུག་འབུས་ཤིང་། ཞུག་རྭ་ཕྱི་ལ་འཁོར་དུས།
ཤོག་བུ་ཨ་སྔོན་ལ་འཐིམས།
ཁྱེད་དང་འདྲིས་ཆེ་བའི་མི་དེ། ཁ་བྲལ་དགོས་བྱུང་།

ཁོ་རང་གངས་རི་ལས་བབས་བྱུང་།
ལག་ཏུ་སུ་རུའི་མེ་ཏོག་བསྣམས་འདུག
ཁྱེད་དང་འདྲིས་ཆེ་བའི་མི་དེ། ཁ་བྲལ་དགོས་བྱུང་།

སློབ་ཁྲིད་གྲོལ་བའི་ཙོང་བརྡ་གྲགས་བྱུང་།
ཤ་སྐམ་པའི་བུ་ཆུང་དེས་སློབ་གྲྭ་ལས་སྒོར་བའི་བརྡ་ལ་སྒུག་འདུག
ཁྱེད་དང་འདྲིས་ཆེ་བའི་མི་དེ། ཁ་བྲལ་དགོས་བྱུང་།

ཁྱེད་ཀྱི་ལྷོད་མེད་པའི་བརྩེ་བས་ཁོ་རང་ལ་རྫོད་ཁོལ་སྤྲིན་མི་ཐུབ་ཆེ།
ཁྱེད་ཀྱི་སེམས་ཁོངས་སུ་ཁོ་ལ་དབང་བའི་སྡོད་གནས་ཤིག་ག་ལ་འདུག
དེ་བས་ཁོ་རང་སྤུར་ལོའི་ཁ་བ་བཞིན་མི་འབྲལ་ཀ་མེད་བྱུང་།

我的诗歌北方

此刻我听到女人的歌唱
歌声中的美丽传说一身光芒
倾听中的我，有着一脸泪光

羊群出现，我善良的兄弟姐妹
带我来到亲爱的故乡：
这埋着血肉和骨头的草原

第一场大雨里被苦难泡大的青稞种子
第一场大雪里被拯救的秋天
雨雪经过的草地上，是人类的性爱

阳光照耀着我的脸庞
此刻我听到女人的歌唱
歌声下长眠的，是我的诗歌北方

ངའི་བྱང་ཕྱོགས་ཀྱི་སྣན་ངག

ངའི་རྣ་ལམ་དུ་བུད་མེད་ཅིག་གི་གླུ་སྐད་གྲགས་འོང་།
གླུ་སྐད་ལས་བྱུང་བའི་གཏམ་རྒྱུད་རྣལ་མ་དེ་འོད་ཟེར་གྱིས་ཁེངས།
ར་བཟི་བར་གྱུར་བའི་ང་རང་མིག་མཆི་མས་བཀང་ས།

ལུག་ཁྱུའི་རྗེས་སུ། ངའི་བྱམས་བརྩེ་ལྡན་པའི་ཕུ་ནུ་མིང་སྲིང་ཡོད།
སེམས་སུ་སྐྱིད་པའི་ཕ་ཡུལ་དུ་ལོག་པའི་སྣང་བ་བྱུང་།
འདི་ཉུ་ཤ་གསེང་ཉུས་རྐང་དུ་ཟུག་པའི་རྩྭ་ཐང་ཡོད་པས་སོ།
ཆར་པ་འབབ་ཐེངས་དང་པོར་དཀའ་སྡུག་གི་ནས་འབྲུ་ས་ལ་གཏོར།
ཁ་བ་འབབ་ཐེངས་དང་པོའི་སྟོན་ཀ། །
ཁ་ཆར་བབ་པའི་རྩྭ་ཐང་དུ་མིའི་རིགས་ཀྱི་འདོད་པར་གྱུར།
ཉི་འོད་ཁོ་བོའི་གདོང་ལ་ཕོག
སྐབས་དེར་ཁོ་བོས་མཛེས་མའི་གླུ་སྐད་ཐོས་བྱུང་།
གླུ་སྐད་འོག་བཟི་བ་ནི་ཁོ་བོའི་བྱང་ཕྱོགས་ཀྱི་སྣན་ངག་ལགས།

现　在

现在，只我一人独坐室内
现在只有我黑黑的眼睛
在渐暗的黄昏里变得更黑

我想起笑声撕破虚假面孔
目光洞穿心底秘密
语言，仅仅一句也是累赘

想起小雪
落在一个安静者的心上
雪后的阳光，收取多日积聚的阴影

想起你害羞的模样：
心不在焉地
把干枯的落叶悄悄撕碎

印象一闪即逝
模糊但很亲切
清秀的人，你一身干净衣衫被人记得

ད་ལྟ།

ད་ལྟ ཁོ་བོ་ཁྱིམ་དུ་ཁེར་རྐྱང་དུ་བསྡད།
ད་ལྟ་ཁོ་བོའི་ནག་རིལ་རིལ་གྱི་མིག་ཟུང་།
སྨག་ནག་གི་ཁྲོད་དུ་སྔར་ལས་ཇེ་ནག་ཏུ་གྱུར།
དགོད་སྒྲ་དང་བཅས་འཛུམ་ཞལ་གྲོལ་ཅིང་།
སེམས་ཀྱི་གསང་བ་མིག་མདངས་ལས་གྲོལ་བར་གྱུར།
སྐད་ཆ་ནི་ངལ་བའི་ལྷག་མ་ཞིག་ཏུ་ཟད་པ་དྲན།
ཁ་བ་ཚུང་ཚུང་།
ཁེར་རྐྱང་གི་སེམས་སུ་ལྷུང་སོང་།
ཁ་བའི་རྗེས་ཀྱི་ཉི་འོད།
སྨུན་པ་འཛོམས་བཞིན་མཁའ་རུ་འཕགས།
ཁྱོད་རང་སྐྱིངས་པའི་རྣམ་པ།
སེམས་པ་རྣལ་དུ་མ་ཕེབ་པར།
ལོ་མ་སེར་པོ་གཅིག་དང་འདྲ་བར་སར་ལྷུང་བ་དྲན་བྱུང་།
བག་ཆགས་སྐད་ཅིག་མ་དེ།
མོག་མོག་ཏུ་སྣང་ཡང་ཧ་ཅང་ཟབ།
ཁྱོད་ཀྱི་ལུས་ལ་གྱོན་པ་བཅའ་དག་ཅིག་གྱོན་ཡོད།

阿卓姑娘

我沉睡的下午，一群大雁飞过湿地
那清脆的鸣叫，是今春种下的日子

卓庄来的阿卓姑娘，隔着院墙在唱歌
我沉睡在李子树下，像朵黑头的罂粟

她喊醒我：喂，阳坡山上的李子熟了
我嘟噜道：让我再眯一会吧

这个秋季，人们都忙碌着
再也没有谁能让她的镜子说话了

一只鸟飞来，我身旁的樱桃树
在瞬间的震颤后，又静默下来

བུ་མོ་ཨ་སྒྲོན།

བུ་མོ་ཨ་སྒྲོན།
དུབ་པས་བཟི་བའི་ཕྱི་དྲོ་དེར།
ཁྱུང་ཁྱུང་ཁྱུ་ཞིག་གིས་སྐད་སྙན་སྒྲོག་བཞིན།
ཆུ་ཁར་འཕུར་ནས་འོང་།

གཙོད་གྲོང་ནས་འོང་བའི་བུ་མོ་ཨ་སྒྲོན།
གླུ་སྐད་སྙན་མོས་རྒྱང་ནས་བརྗོལ་ཏེ་སླེབས།
ལི་ཙིའི་སྔོང་ལོའི་འོག་ཏུ།
ཁོ་བོ་སྨིན་འབྲས་བཞིན་བཟི་བར་གྱུར།
མོས་པ་རིའི་སྟེང་གི་ལི་ཙི་སྨིན་འདུས་ཅེས་བོས་ཀྱང་།
ཁོ་བོ་ད་དུང་གཉིད་ལས་སད་པར་མི་སེམས།
འགྲོ་རྣམས་ལུས་ལ་བྲེལ་བའི་སྟོན་འདིར།
ཁོ་མོར་ཆགས་པའི་སྐྱེས་པ་སུ་ཞིག་མཆིས།
བྱེའུ་ཅིག་ངའི་འཁྲིས་ཀྱི་སེའུ་སྡོང་དུ་བབས་ཏེ།
རེ་འགར་འགྱུལ་ཅིང་རེ་འགར་འཛགས་ནས་འདུག

快

初夏之后，田野里
青稞黄的速度快起来
桑多河的流水也疾起来
我和卓玛的约会也多起来
甚至她的父亲的绝望
也明显起来

什么也来不及想，那八月的
激情时光，沙子一样堆了起来
个人的孤独
液体一样被爱抽尽

什么也来不及说
白银打造的日子越来越珍贵
亡者的预言
已暗化为蓓蕾

什么也来不及做
我欲抽身离开，就已随风飘零

འགྲོས།

དབྱར་ཟླ་འགོ་མའི་ཞིང་སར།།
ནས་འབྲུ་སྨུག་པོར་སྨིན་སོང་།།
སང་མདོ་གཙང་པོའི་བཞུར་རྒྱུན་ཡང་རྒྱས་ལ།
ང་དང་སྒྲོལ་མར་ཐུག་འཕྲད་ཀྱང་མང་བས།
ཁོ་མོའི་ཨ་ཕའི་རེ་ཐག་ཀྱང་ཆད།།
ཅི་ཡང་བསམ་དབང་མེད་པའི་སྟོན་ཟླ་བརྒྱད་པར།།
སེམས་ཀྱི་ལོ་ཟླ། གཟུགས་མ་བཞིན་དུ་ཕུང་པོར་སྤུངས།
ཁེར་རྐྱང་དུ་ལུས་པའི་གདུང་བ།
ལོ་ཟླའི་གཟུགས་མར་འཐུམས་སོང་།།
ཅི་ཡང་བཤད་དབང་མེད་པར།
རྡུལ་ཆུས་བསྐྱུན་པའི་ལོ་ཟླ་སེམས་ཀྱིས་འཚོ་ཞིང་སེམས་ཀྱིས་རོལ།
ཤི་བོའི་ཁ་མཆེམས་ཡུན་གྱིས་དོར་བར་གྱུར།
ཅི་ཡང་བསྒྲུབ་དབང་མེད་པར།
ཕྱིར་འཁོར་ཏེ་གྲིས་པར་བསམ་ཡང་།
ཡོད་ཚད་ངལ་བའི་ལྷག་མར་གྱུར།

达瓦桥

记忆里的卓庄，住着安静的神灵
村东的格河，阴性地流着

村西的达瓦桥上，落满隔世的月光
我在河里，枕着桥的倒影

看见那片柏树，暗生在西山坡
坡上的寺庙，留不住我的阿卓

ཟླ་བའི་ཟམ་པ།

དྲན་འཛིན་སེམས་ཀྱི་ཚོ་གྲོང་།།
སྙིང་འཇགས་ཁད་ཀྱིས་གཡོགས་ཡོད།།
སྡེ་བའི་ཤར་གྱི་གཙང་པོ།།
འཁྱིལ་ནས་དལ་དལ་བཞུར་ཡོད།།

སྡེ་འདབས་ཟླ་བའི་ཟམ་ཁར།།
ཟླ་འོད་རྒྱང་ནས་མཆེར་ཡོད།།

ང་དང་ཟམ་པའི་གཟུགས་བརྙན།།
གཙང་པོའི་ངོས་སུ་ཕབ་ཡོད།།

ཕ་གའི་ཤིང་སྡོང་གསེབ་ནས།།
ནུབ་རིའི་རྐེད་པ་མཐོང་འོང་།།
རི་རྐེད་དགོན་པ་མཛེས་ཀྱང་།།
སེམས་ཀྱི་ཨ་སྒྲོན་དྲན་བྱུང་།།

到卓庄去找阿卓

到了到了，黄昏湮过人迹
房檐下，听到她的叹息

生长疾苦的葫芦上，早结了相思

昨日一场春雪，逼出爱的狐狸
狐狸狐狸，白日做兽，夜里变女

抱住她的身体，夜就糊暗了窗纸

爱完冰糖舌头，和流水的手指

哑了哑了，面对面想着哭泣

我的卓庄，生出病欲

གཙོད་གྲོང་དུ་ཨ་སྙྲོན་བཙལ་དུ་ཕྱིན་པ།

རྡུབ་སོང་། གྲིབ་ཆེན་གྱིས་ས་ཆེན་ཁེབས་བྱུང་།
ཁང་བའི་བྱ་འདབས་སུ།
ཕོ་མོས་དབུགས་རིང་གཏོང་བཞིན་པ་ཐོས།
སྙིང་གཞིས་བསྐྱེད་པའི་བུམ་པར།
དྲན་གདུང་གི་འདུ་ཤེས་ཚོར་བྱུང་།
ཁ་སང་བབས་པའི་དཔྱིད་འགོའི་ཁ་བས།
བརྩེ་དུང་གི་ལྷ་མོའི་ཐ་མ་ལྷང་ལ་ཕུད།
ལྷ་མོ་ཡ་ལྷ་མོ།
ཉིན་དཀར་གྱི་གཅན་གཟན།
མཚན་མོ་ཡི་བདུད་མོ།
སྨུག་གིས་སྣེའུ་ཁྲུང་ཡུན་གྱིས་ཁེབས་པ་ན།
ཕོ་མོར་དམ་དུ་འཁྱུད་ནས་བསྡད།
བུ་རམ་གྱི་མངར་ཁ་མྱངས་ཤིང་ལག་པར་དངུལ་ཆུ་བཞུར་རྗེས།
པན་ཚུན་འཐམས་ནས་དྲན་པའི་མིག་ཆུ་འཐོར།

格　河

山南的白塔：银河里的星星一颗
山北的寺院里，深秋的阳光还是那么多

问声阿卓：饭吃啦？
已是残阳如血

残阳如血，流淌成河
河名叫格，浮着阿卓和我

དགུ་ཆུ།

ལྷོ་རིའི་མཆོད་རྟེན་དཀར་པོ།
དགུ་ཚིགས་སྐར་མའི་རིགས་ཤིག །
བྱང་རིའི་འབྲོག་དགོན་དུ།
སྟོན་ཟླའི་ཉི་འོད་སྔར་བཞིན་དྲོ་ཞིང་འཛམ།
ཨ་སྒྲོན་ལགས། ཟ་མ་ཟོས་སམ།
སྐྱོ་བའི་ཉམས་ཀྱིས་ཡིད་ནི་གདུང་།
སྐྱོ་བའི་མིག་ཆུ་འབབ་པའི་གཙང་པོར་འདྲེས།

མགུར་དུ་ཐོགས་པའི་གཙང་པོར།
ང་དང་ཨ་སྒྲོན་གྱི་བརྩེ་བ་འཁྱོས་ཡོད།

在麻路乡村酒店

我能想象河那边
寂然刮过的秋风

我能想象阳光水一样
泼在桌面上，泼在我慵懒的心上
胜过一盆月光
胜过美少女阿卓半掩的乳房

我更能想象：
当年傻子才旦一刀劈断的船桨
会不会在异域他国
成就出一片柏木的故乡

我清醒过来时
临桌的那个女人早就走了

但我仍能想象她的食指
是如何轻轻划过桌面
是如何轻轻地
轻轻地划出了我的热望

སླད་ལོ་སྡེ་གྲོང་གི་ཆང་ཁང་།

སྟོན་རླུང་དལ་གྱིས་ལྡང་ན།
གཙང་འགྲམ་ཡིད་ལ་འཆར་འོང་།
ཆུ་བོ་བཞིན་འཛམ་པའི་ཉེ་འོད།
ཅོག་ངོས་བརྒྱུད་དེ་ཁོ་བོའི་སེམས་སུ་མཆེར།
ཟླ་འོད་ལས་ལྷག་ཅིང་།
མཛེས་མ་ཨ་སྒྲོན་གྱི་བྲང་གཞུང་ལས་ཀྱང་ལྷག་པའི་ཚོར་བ་སྐྱེས།
ལོ་དེར་གླེན་ཕྲུག་སྨྱོན་པས་དུམ་བུར་བགོས་པའི་གྲུ་སྐྱ་དེ།
རྒྱུས་མེད་གཞན་པའི་ཡུལ་གྲུ་དེར།
ཤུག་སྡོང་སྟུག་པོས་ཁེབས་པའི་གནས་སུ་ཡུལ་བཅས་ནས་བསྡད་ཡོད།

伤心人

秋风吹熄子夜灯火
夜行人在高岗之上，突感迷茫

去岁暗生的野菊花
低垂了金银首饰，长眠在寂寂山梁

被西风吹冷的青色岩石边
阿卓遗弃的白玉镯，断了我的念想

唯留下这长夜冰凉
要把伤心人，弃在这黯然的北方

ཡིད་སྐྱོ་བའི་མི།

སྟོན་རླུང་གིས་མཚན་མོའི་སྒྲོན་མེ་འཛགས་པར་བཏང་།
མཚན་མོར་འགྲོ་བའི་མི་དེའི་སེམས་པ་གློ་བུར་དུ་རྨོངས་བྱུང་།
ལོ་ཟླས་བསྐྱིམས་པའི་ལུག་མིག་མེ་ཏོག་གིས།
གསེར་དངུལ་གྱི་རྒྱན་ཆ་ཕུད་ནས།

གླིང་འཛགས་ཀྱི་རི་རྐེད་དུ་གཟིམས་པར་གྱུར།
ཉུབ་ཀླུང་གིས་འཁྱུག་ཏུ་བསྡམས་པའི་གཡུ་རྫོའི་གཡས་འགྲམ་དུ།
ཨ་སྒྲོན་གྱིས་གཡུ་ཡི་གདུ་བུ་སྒྲུར་ཞིང་།
ཁོ་བོའི་དྲན་གདུང་ལ་རྐྱ་ཁ་བཟློས།
སྨག་འཁྱུག་གི་མཚན་མོ་འདིར།
ཡིད་སྐྱོ་བའི་མི་དེ།
བྱང་ཕྱོགས་སྨག་ནག་ཏུ་ལུས་དགོས་བྱུང་།

爱也寂寞

那被人骨笛吹醒的大地，未来得及骚动
姑娘的今世，就已翻到最后一页

她那在檀香树下成熟起来的胴体
也像爱欲拨动着的琴弦，渐渐哑了下去

她曾给情郎燃起的那束火苗
也在瞳孔里，熄成一抹虹霓

生也孤单，爱也寂寞
是在这被人骨笛吹醒的大地

བརྒྱ་བའང་ཁེར་རྐྱང་ཡིན།

ཁང་གླིང་དཀྲོལ་ཏེ་ས་ཆེན་གཞིད་ལས་དཀྲིགས།
དགྱེས་དབང་ཙམ་ཡང་མ་ཕྱིན་པར།
བུ་མོའི་ཚེ་འདིའི་གཏམ་རྒྱུད་ཀྱི་མཇུག་བྱང་བཀོད།
ཙན་དན་སྤོང་བོའི་འོག་ཏུ་སྨིན་པའི་ལོ་མོའི་ལང་ཚོ།
བརྒྱ་ཞིན་གྱིས་བསྐྱུལ་བའི་རྒྱུད་སྐྱུད་བཞིན་ཡུན་གྱིས་ཉམས་སོང་།
ལོ་མོས་སྔོན་ཆད་མཛའ་བོར་བཅངས་བའི་བརྒྱ་བའི་མེ་ལྷེ།
མིག་གི་དབང་པོ་བརྒྱུད་ནས་འཛའ་ཆོན་དུ་གྱུར།
གསོན་ན་ཁེར་རྐྱང་ཡིན་ལ།
བརྒྱ་བའང་ཁེར་རྐྱང་ཡིན།
ཁང་གླིང་གིས་དཀྲིགས་པའི་ས་ཆེན་ཉིད།

衰　老

寂静啊——

你的单薄衣衫，滑落在地

偌大的宫殿里，只有皇帝在低泣

寂静啊——

闭上眼睛就想起你白玉般的躯体
在晨光里失去活气

寂静啊——

想起那短命的蝴蝶，沉睡在你
优美乳房的阴影里

你的语音……我的太息
闭上眼睛就梦见此世身如尘泥

རྒྱུད་པ།

འཛམ་ཐང་དེར།
ཁྱོད་ཀྱི་གོས་རྒྱང་གིས་ས་གཞི་གཡོགས་བྱུང་།
དེ་འདྲའི་ཕོ་བྲང་ཆེན་པོ་ཞིག་ཏུ།
གོང་མས་སྐྱོ་བའི་མཆི་མ་བཞུར་སོང་།
ལྷིང་འཛགས་གེར།
མིག་ཟུང་ཟུམ་ཚེ་ཁྱོད་ཀྱི་དུང་ཟླ་བཞིན་དཀར་བའི་ལུས་པོ།

ཞོགས་པའི་ཉི་འོད་ཁྲོད་དབུགས་ཀྱི་རྒྱུ་བ་འགག་པ་དྲན།
ལྷིང་འཛགས་གེར།
ཕྱི་ལེབ་ཚེ་ཐུང་དེ་ཁྱོད་ཀྱི་མདོན་དུ་རྒྱས་པའི་སྨོས་བུམ་ལས།
གདན་དུ་གཟིམས་པ་དྲན་བྱུང་།
ཁྱོད་ཀྱི་སྐད་ཆ། ང་ཡི་དབུགས་རིང་།
མིག་ཟུང་ཟུམ་ཚེ་ལུས་འདི་རྡུལ་དུ་གྲུབ་པ་རྨི་ལམ་དུ་རྟོགས་འོང་།

祭阿卓

天葬台上，沉睡了一冬的解尸墩
还未把去岁的凝血洇干

天阴着，只我一人看到的铁锈
还来不及蚀掉斧刃上的光焰

或许这些山凹处的风马
会引领着哀痛的队伍，会驮来爱

我住在山林里，门关着
所以没能一睹那张无望的脸

但我细数着的那些秃鹫
一飞而起，像她的离魂一样低旋

天空里有雷达的讯号
海螺声里，收音机播出的那场雪

还没下完
就已经有人背着尸骨离去了

叫声阿卓
她死于藏历金羊年

ཨ་སྒྲོན་རྗེས་དྲན།

དུར་སྟེགས་སུ།
རོ་སྙམ་དེ་དགུན་ཟླ་གཅིག་ལ་གཉིད་དུ་ཡུར་ཤིང་།
ལོ་ཟླར་བསགས་པའི་ཁྲག་རྒྱུན་ད་དུང་སྐེམ་པར་མ་གྱུར།
གནམ་ངོ་རུབ་འདུག
ཁོ་བོ་གཅིག་པུས་སྤུ་སོ་རྗེ་ལ་བཙལ་བ་ཟིན་མེད་དུ་མཐོང་།
ཁས་ཁ་འདི་དག་ཏུ་རྒྱུ་བའི་རླུང་གིས།
སྒྲོ་སྤུག་གི་དཔུང་བ་དྲངས་ནས།

བརྩེ་བ་འདུལ་ཏུ་སླེབས་བྱུང་།
ཁོ་བོ་ནགས་རིར་སྒོམ་ལ་ཕྱིན།
དེ་བས་རེ་ཐག་ཆད་པའི་གདོང་དེ་མཐོང་མ་སོང་།
འོན་ཀྱང་ཞིབ་རྩིས་ལ་བླངས་བའི་བྱ་རྒོད་དེ་དག་འཕྱུར་ནས་སོང་།
ཁོ་མོའི་རྣམ་ཤེས་བཞིན་ལྡིང་བསྐོར་རྒྱག་བཞིན་བྱུད་སོང་།
མཁའ་དབྱིངས་ཀྱི་བརྡ་རྟགས་བརྒྱུད་ནས།
སྒྲ་སྤུད་འཁོར་ཡོར་གནམ་གཤིས་སྟོན་བརྡ་བཏང་སོང་།
ཁ་བ་འབབ་མཚམས་བཞག་མ་སོང་།
མི་དེས་བེམ་པོ་ཁྱུར་ནས་རྒྱང་དུ་གྱེས་སོང་།
ཨ་སྒྲོན་དུ་འབོད་པའི་ཁོ་མོ།
ལུགས་སྙིང་གི་ལྷུགས་མོ་ལུག་ཡོར་འདས།

情　歌

像鱼一样游走的
是心上的姑娘

像恨一样凝固的
是爱情的时光

像寂灭一样安静的

是而今的月光

我的情歌
如珊瑚的忧伤

在红尘里传唱
在爱欲里消亡

བརྩེ་གཞས།

ཉ་མོ་བཞིན་ཏུ་འཕྱུག་ནས་ནི།།
སེམས་ཀྱི་མཛེས་མ་རྒྱང་དུ་བཞུད།།
སྤང་བ་བཞིན་དུ་མི་འགྱུར་བ།།
བརྩེ་བའི་ལོ་ཟླ་ཡིན་ནས་སོང་།།
སྤོང་སངས་བཞིན་དུ་འཛེགས་གྱུར་པ།།
དོ་ནུབ་ཟླ་བའི་འོད་དུ་འཁྲུམས།།
ཁོ་བོས་གྱེར་བའི་བརྩེ་བའི་གཞས།།
བྱུ་རུའི་སྐྱོ་གདུང་ཉིད་དུ་འཁྱུ།།
འཁོར་བའི་ཕྱི་ཁར་གྲགས་གྱུར་ཏེ།།
ཆགས་ཞེན་བར་ནས་བརྗེད་པར་གྱུར།།

醉　歌

毁为美色兮
是银饰的姐妹

化为落叶兮
是背时的爱情

缈若轻烟兮
是昨日的修行

就这样我远离红尘
不带走一两白银

ཆང་གཞས།

གཟུགས་བཟང་བུ་མོའི་ལང་ཚོ་ཉམས་པ།
དངུལ་རྒྱན་སྤྲས་པའི་ལྷམ་སྲིང་ཉིད་ལགས།
ལོ་མ་ས་ལ་འཐོར་བ།
བརྩེ་དུང་གི་གཏམ་རྒྱུད་དུ་ངེས།

ཕྲ་ལ་ཡང་བའི་དུད་པ།
ཁ་སང་སྨྱུང་པའི་སྒྲུབ་པ།
ལག་སྟོང་མཆན་སྟོང་དུ།
འཁོར་བའི་ལམ་ལས་གྱིས་བར་བསམ།

初 见

说是像花蕊
有着花瓣的呵护
有着根叶的滋育

说是像云朵
有着蓝天的衬托
有着日月的照辉

说是像小溪
有着叮咚作响的欢声笑语
有着源源不断的涓涓细流

说是像藤条
有着攀附而上的成长的欲望

有着缠绕不息的倔强的本性

不！其实最像那深井里的清泉

在渴望与等待里

始终处在生活的底层

ཐོག་མར་འཕྲད་པ།

ཁྱོད་ནི་མེ་ཏོག་གི་གེ་སར་ཞིག་སྟེ།
འདབ་མའི་ཚོགས་ཀྱི་སྦུང་སྐྱོབ་ཡོད་ལ།
རྩ་བ་དང་ལོ་མའི་བྱམས་སྐྱོང་ཡོད།
ཁྱོད་ནི་སྤྲིན་པ་དཀར་པོ་ཞིག་སྟེ།
ཨ་སྔོན་གྱིས་མཛེས་པར་སྤྲས་ལ།
ཉི་ཟླ་ཡི་གཟི་འོད་འགྲོ།
ཁྱོད་ནི་ཆུ་ཕྲན་ཞིག་སྟེ།
ཤག་ཤག་ཏུ་འབབ་པའི་བཞུར་སྒྲ་ཡོད་ལ།
བར་མ་ཆད་པའི་བཞུར་རྒྱུན་ཡོད།
ཁྱོད་ནི་སྤྲ་ཤིང་གི་ལྕུག་མ་ཞིག་སྟེ།
ཡར་སྐྱེད་དང་ནར་སོན་གྱི་རེ་བས་བརྟས་ཤིང་།
ཉམས་པ་མེད་པའི་བློ་སྤོབས་དང་གཤིས་རྒྱུད་མངའ།
མ་ཡིན་ཏེ། དོན་དངོས་སུ་ཁྱོད་ནི་ཁྲོན་པའི་གཏིང་གི་དྭངས་གསལ་གྱི་ཆུ་མིག་དེ་རེད།

གདུང་བ་དང་རེ་སྨུག་གི་ཁྲོད་དུ།
ནམ་ཡང་འཚོ་བའི་ཆེས་ཟབ་ས་དེ་རུ་གནས་ཡོད།

你穿着紧身牛仔裤

你的美臀使我的心隐隐作痛
浑圆，坚挺，是被包裹着的欲望
是暗室里走出的苹果
是在藏袍掩藏多年后的豁然惊醒

你的美臀使我的心慢慢破碎
它与修长的双腿和谐存在
野性，张扬，是裸露中的狂野的春情
是一截疯狂的音乐，处于静止状态

你的美臀会要了我的命
它的爱欲唤醒了我沉睡的森林
那些消逝的虎豹与豺狼
也在心灵月光下脱身前来

ཁྱོད་ཀྱིས་གླང་རྫིའི་དོར་མ་གྱོན་ཡོད།

ཁྱོད་ཀྱི་མཛེས་ཤིང་སྒྲོར་བའི་འཕོངས་ཚོས།
ཁོ་བོའི་སེམས་སུ་ལྡིད་ཏིག་ཏིག་ཏུ་གྱུར།
ཆགས་པ་ཕག་ཏུ་གབ་ཅིང་།
ཀུ་ཤུ་རྐང་གཅིག་དང་འདྲ་བར་གོར་ལ་མཁྲིགས།
ཡུན་རིང་སྡོད་གོས་ཀྱིས་གབ་ནས་གློ་བུར་རྗེན་པར་མངོན།
ཁྱོད་ཀྱི་འཕོངས་ཚོས་ཀྱིས་ཁོ་བོའི་སེམས་པ་ཡུན་གྱིས་རྨ་ཁ་བཏོད།
རིང་ལ་བརྒྱངས་བའི་རྐང་པ་གཉིས་མཉམ་དུ་གཤིབ་ནས་ཡོད།
འདོད་ཧམ་དང་ཁེ་གྲགས་དེ།
རྨོས་པའི་ལང་ཚོ་རུ་རྗེན་པར་མངོན་ནས་བྱུང་།
སེམས་སུ་མ་རན་པའི་གླུ་དབྱངས་དེའི་ལེན་མཚམས་བཅད།
ཁྱོད་ཀྱི་འཕོངས་ཚོས་ཁོ་བོའི་སྲོག་ལྷར་འདུག
དེའི་འདོད་པ་ཡིས་ཁོ་བོ་ནགས་ཚལ་ལས་དཀྲོགས་པར་བྱས།
མི་མཐོང་བའི་སྐག་གཟིག་དང་འཕར་སྤྱང་དག
སེམས་པ་ཧྲམ་པར་གྱུར་ནས་ཐོན་བྱུང་།

你 是

是一瓣落红

让我在爱的溪流里
漂移

是一场小雪
让我在欲的沟壑里
沉思

是一阵凉风
让我在婚姻的田野里
睡去

无论今生
无论来世

ཁྱོད་ནི།

འདབ་མ་དམར་པོར་གྱུར་བའི་མེ་ཏོག་ཅིག
ཁོ་བོ་བརྩེ་དུང་གི་ཆུ་ཕྲན་དུ་འཕྱོ་བར་བྱེད།
ཁ་བ་འབབ་ཐེངས་ཤིག
ཁོ་བོ་འདོད་པའི་གྲོག་རོང་དུ་བསམ་གཞིགས་ལ་སློམ་དུ་བཅུག
བསིལ་རླུང་ལྷང་ཐེངས་ཤིག

ཁོ་བོ་གཉེན་གྱི་གཞིན་ས་ཏུ་གཟིམས་པར་གྱུར།
ཚེ་ཚེ་རབས་རབས་སུ།

在黄河湿地

那些花，是为了等待怀揣秘密的你
才开的

那些云，是为了召唤迷失的我
才来的

那么让我们在一 起
共享这黄河湿地短暂的夏日

我们片刻相偎，爱情就在这里
我们终身相依，传说就在来世

རྨ་ཆུའི་བརླན་ས་རུ།

མེ་ཏོག་དེ་ཚོ། གསང་བ་རུམ་གང་ཉར་བའི་ཁྱོད་ལ་སྨྲུག་པའི་ཆེད་དུ་བཞད་པར་ངེས།
སྲིན་ཚོམ་ཕོར་བུ་དེ། ཁ་སྒྲོགས་བོར་བའི་ཁོ་བོ་འབོད་པའི་ཆེད་དུ་རྒྱུ་བ་ཡིན།
ང་ཚོས་མཉམ་དུ། རྨ་ཆུའི་འགྲམ་ངོགས་སུ་དབྱར་ཟླ་ཐུང་ངུ་འདིའི་དཔལ་ལ་རོལ།
ཁྱེད་ལ་འབྲལ་མི་ཕོད་པའི་དུངས་བ་ཡོད།

我爱你不忍分离

我爱你看我时微眯的眼睛
那里面的湖泊淹没了我的声息

我爱你拥抱我时柔情的手臂
在你的臂弯里我可以幸福地睡去

我爱你性感而丰满的嘴唇
生活的意义只在于爱的沉迷

我爱你，以至不忍分离
下辈子，也要化作你脸上的一颗痣

ད་ཁྱེད་ཀྱི་འབྲལ་མི་བཟོད་པ་དེར་དགའ།

མིག་མདངས་ལ་འཁྱིལ་བའི་མཆི་མས་ཁོ་མོའི་མགྲིན་པ་རྫོངས་བར་བྱུས།
ཁོ་མོ་ཁྱེད་ཀྱི་འཛམ་མཉེན་གྱི་ཕྱུག་ཟུང་གིས་དམ་དུ་འཁྱུད་པར་མཛོད་དང་།
ཁྱེད་ཀྱི་ཕྲག་པར་བསྙེས་དེ་ཁོ་མོ་བདེ་བས་གཟིམས་ཆོག
ཁོ་མོ་ཁྱེད་ཀྱི་སྨིན་ཐག་ཆོད་པའི་མཁུར་ཚོས་ལ་དྭངས་བ་སྟེ།
དྭངས་བའི་ཆགས་ཞེན་དེ་འཚོ་བའི་དོན་སྙིང་དུ་འཁྱམས་པས་སོ།
ཁོ་མོ་ཁྱེད་ལ་དགའ་བས་འབྲལ་སེམས་སྐྱེ་མི་ཐོད་ལ།
སྐྱེ་མ་ཕྱི་མར་ཡང་ཁྱེད་དང་མི་འབྲལ་བའི་མདུད་པ་བརྒྱབ་ཡོད།

来吧，我的爱人

来吧，我的爱人
少女们热爱着青春和肉欲
却不能陪我喝尽一杯苦茶
也不会在我的衰老气息里度过一个夏日

来吧，我的爱人
少妇们早就过了寂寞期
她们只爱着钻戒、银镯，和金子打造的灯盏

关闭了挡着月光的窗户，拉下了被晚风吹拂的窗帘

来吧，我的爱人
给我少年的心脏，给我中年的梦想
给我冲动的热血，和奔跑的欲望

如果不能，那就给我怜悯或慈悲
让我以佛的肉体，经受爱上你的利箭的洞穿

ཤོག་དང་། བདག་གི་དགའ་མ།

ཤོག་དང་། བདག་གི་དགའ་མ།
ན་ཆུང་མ་ཚོ་ལང་ཚོ་དང་འདོད་སྲེད་ལ་ཞེན།
ཡིན་ཡང་ཕོ་བོའི་ཧ་དཀར་ཡོལ་གང་གི་འཕྲུང་རོགས་མི་ཉན་ལ།
ཀས་ཤིང་འཁོགས་པའི་ཕོ་བོར་དབྱར་གྱི་ཉིན་གཅིག་སྐྱུལ་རོགས་དེ་བས་ཀྱང་ངོ་།
ཤོག་དང་། བདག་གི་དགའ་མ།
སྨན་ཤར་མ་ཚོའི་སྨིན་པའི་ལང་ཚོ་ཡོལ་སོང་།
ཕོ་ཚོར་རྡོ་རྗེ་ཕ་ལམ་དང་།
དངུལ་གྱི་གདུ་བུ།
གསེར་ལས་བཟོས་པའི་སྒྲོན་པོང་ལས་ཅི་ཡང་མི་མགོ།
ལྷ་འོད་མཆེད་སའི་སྐེའུ་ཁྲུང་གཏན་ཅིང་།

སྲོལ་རླུང་གིས་བསྐྱོད་པའི་དྲ་ཡོལ་ཕྲུར་དུ་དཔྱངས།
ཞོག་དང་། བདག་གི་དགའ་མ།
ཁོ་བོར་གཞོན་པའི་སེམས་དང་།
དར་མའི་ཕྱུགས་བསམ་སྐྱོལ་རོགས།
ཁོ་བོར་རྩོལ་རྒྱུགས་ཀྱི་སྤྲོབས་པ་དང་།
མཆོང་དུ་སྤྲོབས་པའི་སེམས་པ་སྐྱོལ་རོགས།

我承认我曾经爱过你

我承认我曾经爱过你
吻过你的两叶红唇
亲过你的珍珠眼睛
仿佛你就是我红尘中的野花

我承认我曾经爱过你
拉着你的手淌过小河
搂着你的腰走向山洼
似乎这个世界上没有罪和罚

我承认我曾经爱过你
像如今仍爱着你鬓角的白发

那些山盟海誓只是少年情怀

而今我心甘情愿守在你的屋檐下

ཁྱོད་ལ་དགའ་སྙོང་བ་ངས་ཁས་ལེན།

ཁྱོད་ལ་དགའ་སྙོང་བ་ངས་ཁས་ལེན།
ཁྱོད་ཀྱི་མཁུར་ཚོས་དམར་པོ་ཟུང་ལ་འོ་བྱེད་སྙོང་།
ཁྱོད་ཀྱི་སྨུ་རིག་གི་མིག་ཟུང་ལ་འོ་བྱེད་སྙོང་།
ཁྱོད་ནི་ངའི་འཇིག་རྟེན་གྱི་ཉི་དགའ་མེ་ཏོག་ཏུ་ལགས།

ང་ཁྱོད་ལ་དགའ་སྙོང་བ་ངས་ཁས་ལེན།
ཁྱོད་ཀྱི་ལག་པར་འཇུས་ནས་ཆུ་བོར་རྐྱལ་སྙོང་།
ཁྱོད་ཀྱི་རྐེད་པར་འཁྱུད་ནས་གྲམ་པར་བརྐྱལ་སྙོང་།
འཇིག་རྟེན་འདིའི་ཉེས་པ་དང་ཚད་པར་ཡིད་མ་ཆེས།

ང་ཁྱོད་ལ་དགའ་སྙོང་བ་ངས་ཁས་ལེན།
ད་དུང་ལོ་བོ་ཁྱོད་ཀྱི་ཡ་ཐོད་ཀྱི་སྐྲ་དཀར་ལ་དུངས་ཡོད།
བརྩེ་དུང་གི་དམ་བཅའ་དེ་ནི་གཞོན་ནུའི་བརྩེ་སེམས་སུ་ཟད།
ཡིན་ཡང་ད་ལྟ་ལོ་བོ་ཁྱོད་ཀྱི་མཁྲིས་སུ་ཡོག་ཏེ་འདུག་འདོད།

落　下

你梳完了头
镜子里一条哈达幻化为白云
窗外的声响
把午睡的杨树叶子——唤醒

早就是六月了
我许的愿尚未被神祇兑现
一些云就投下了夏天的阴凉
一些声音就要带走我的灵魂
你这个瘦弱的汉族女人
当你带上门出去
客厅吊顶上悬浮着的那些灰尘
就释然地落了下来

ལྷུང་བ།

ཁྱོད་ཀྱིས་སྐྲ་ཤད་རྗེས།
མེ་ལོང་ལས་ཁ་བཏགས་ཅིག་སྤྲིན་དཀར་དུ་སྒྱུར་སོང་།

སྒེའུ་ཁུང་ཕྱི་རོལ་གྱི་མཛེར་སྒྲས།
ཁམ་སྟོང་གཉིད་ལས་དགྲོགས་སོང་།
ཟླ་དྲུག་པ་སྤར་ནས་ཚེས་སོང་།
ངའི་རེ་བའི་འདུན་མ་མངོན་དུ་མ་གྱུར།
སྤྲིན་པ་ཕོར་བུ་དབྱར་གྱི་བསིལ་རླུང་ལ་འཁྱུད་ནས་སླེབས།
སླུ་སྐད་སྙན་མོས་ཁོ་བོའི་རྣམ་ཤེས་དབང་མེད་འཕྲོག།
ལུས་ཟུངས་ཞན་པའི་རྒྱའི་བུ་མོ་ཁྱོད།
ཁང་བའི་ས་རྟུལ་ཕྱུགས་ནས་ལྷུང་སོང་།

夜生活像个暴君

我不说你的头发像紫藤萝瀑布
也不说你正处在生命的中午
只说你的黑眼睛：是珍珠浮现于秋水

八年前，我曾搂着你修长的脖子
沉睡在月亮圈养的蝙蝠的私语里
我像匹豹子闯进你的世界，野性地呼吸

那时，美丽的花园就是你的脸庞
生长着乳白的百合和粉红的丁香

你的眼睛里，有着一抹离合的神光

现在，当我再一次搂着你
你分明就是一根无法发声的疲惫的铜管
是一处被彻底开采的矿床

夜生活像个暴君
在幽暗的房间里摩擦着皮毛
撕碎了你深藏的爱的蓓蕾

མཚན་མོའི་འཚོ་བ་ནི་རྗེ་བོ་གཏུམ་པོ་ཞིག་གོ

ཁོ་བོས་ཁྱེད་ཀྱི་སྐྲ་ལོ་ཐབ་ཚུ་ཐུར་དུ་འདྲིལ་བ་ཞིག་དང་འདྲ་བར་མི་བརྗོད།
ཡང་ཁྱོད་རང་མི་ཚེའི་ཚེ་དཀྱིལ་དུ་སླེབས་ཡོད་པའང་མི་བརྗོད།
ཁྱེད་ཀྱི་ཁྲ་རིལ་རིལ་གྱི་མིག་ཟུང་ཚུའི་ནང་དུ་མཆེར་བའི་སྨུ་ཧིག་ཅིག་དང་འདྲ་བར་བརྗོད།
ལོ་བརྒྱད་ཀྱི་སྔོན་ལ།
ཁོ་བོ་ཁྱེད་ཀྱི་སྙིད་པར་འཁྱུད་ནས།
ཟླ་བའི་སྨུ་འཁྱུད་འོག་རྒྱ་བའི་ཕ་བོང་གི་གསང་གཏམ་ལས་བཟེ།
ཁོ་བོ་གཏུམ་སྐྱོན་གྱི་གཅན་གཟན་ཞིག་དང་འདྲ་བར།
ཁྱོད་ཀྱི་འཇིག་རྟེན་དུ་སླེབས་ཡོང་།

སྐབས་དེར་ཁྱེད་ཀྱི་ཞལ་རས་ནི་མཛེས་སྡུག་གི་སྨུམ་ར་ཞིག་དང་འདྲ།
དཀར་དམར་གྱི་ལི་ཤིའི་མེ་ཏོག་ཁྲོད་གྲོལ་བ་ཡིན།
ཁྱོད་ཀྱི་མིག་མདངས་ལས་ངོ་མཚར་བའི་འོད་ཅིག་མཆེད་ནས་ཡོད།
ད་ལྟ་ཁོ་བོ་ཡང་བསྐྱར་ཁྱེད་ལ་འཁྱུད་དུས།
ཁྱེད་ནི་སྐྲ་བ་མེད་པར་སྨྱུང་ནས་ཀྱི་མནར་བའི་བྱ་དངོས་ཅིག་སྟེ།
ཡོད་ཚད་ཡོངས་སུ་ཉམས་ནས་ཡོད།
མཚན་མོའི་འཚོ་བ་ནི་ཧྲེ་བོ་གཏུམ་པོ་ཞིག་གོ
སྨུན་ནག་གི་ཁང་ཁྱིམ་དུ་བརྩེ་དུང་གི་འདབ་མ་ཡོངས་སུ་འཐོར་ནས་འདུག

第二天的战争

家具，是买汉式的还是藏式的
我们争吵了一整天，红着脸
都坚守着各自的立场

夕阳西下后，我陪你去了饭馆
点了两碗加工炒面
都沉默地吃完了

夜幕下，我悄悄地拉住你的手
你白皙的手犹豫了一下

终于留在我的手心里

在温暖的床上
我爱怜地搂着你
你流下了本该在白天流的眼泪

我们睡着了
像两个可爱的孩子
忘记了第二天的战争

ཉིན་གཉིས་པའི་སླན་ཀ།

ཁྲིམ་ཚས་དེ། རྒྱའི་ལུགས་སམ་བོད་ལུགས་ཀྱི་དེ་ཉོ་དགོས།
ཁྲོ་བ་སེམས་སུ་བཅངས་ཏེ།
རང་རང་གི་ལང་ཕྱོགས་མ་དོར་བར།
ཉིན་ཧྲིལ་པོར་ཁ་རྩོད་བརྒྱབ།
ཉི་མ་ནུབ་རིའི་ཕག་ཏུ་བཞུད་རྗེས།
ང་ཁྱོད་དང་འགྲོག་ནས་ཟ་ཁང་དུ་སོང་།
ཕྱུག་པ་དཀར་ཡོལ་གཉིས་བོས་གིང་།
དེ་འཕྲུང་ཚར་རག་ཏུ་ཁུ་སིམ་མེར་ལུས།
མཚན་གུང་ཁོ་བོ།

ཁ་རོག་གེར་ཁྱོད་ཀྱི་ལག་པར་འཇུས་པས།
ཁྱོད་ཀྱིས་ཀྱང་ཐེ་ཚོམ་དང་བཅས་དཀར་མཛམ་གྱི་ལག་པ།
ཕོ་བོའི་ལག་པའི་ནང་དུ་བཞག
དྲོད་འཇམ་གྱི་གཟིམས་ཁྲིར་ཉལ་རྗེས། ངེད་གཉིས་ཕན་ཚུན་བརྩེ་བས་འཁྱུད་ཅིང་།
ཁྱོད་ཀྱིས་ཉིན་དཀར་བཟོད་པའི་མིག་ཆུ་དེ་བཏོན་བྱུང་།
ངེད་གཉིས་གཉིད་དུ་ཡུར་སོང་།
བྱིས་པ་བསམ་མེད་གཉིས་དང་འདྲ་བར།
ཉིན་གཉིས་པའི་རྫོད་པ་ཡོངས་སུ་བརྗེད།

只留下你一个人了

我离去后留下的空寂
是镜子里的红颜飞逝

整个房间里静谧无声
唯有淡淡的思念的气息

只留下你一个人了
只留下你一个人了

像溺水者在深渊挣扎

像穷途人走向荒凉的戈壁

ཁྱོད་གཅིག་པུ་ལས་མི་འདུག

ཁོ་བོ་བྲལ་རྗེས་ཁྲུ་སིམ་མེར་གྱུར་འདུག
དེ་ནི་མེ་ལོང་ལས་ཁ་དོག་ཡལ་བ་ཞིག་གོ
དྲན་གདུང་དབུགས་རིང་ཙམ་ལས།
ཁང་པའི་ནང་དུ་དལ་འཛགས་སེར་འདུག
ཁྱོད་གཅིག་པུ་ལས་མི་འདུག
ཁྱོད་གཅིག་པུ་ལས་མི་འདུག
ཆུར་རྩལ་མེད་པའི་མི་དེས་ཆུ་ནང་གསོན་པའི་འཕག་འཚག་རྒྱག་པ་བཞིན།
རྒྱུགས་ཆད་པའི་མི་དེས་མྱ་ངན་ཐང་དུ་སྡུག་གིས་མནར་བ་བཞིན།

总有那么一天

总有那么一天，你我白发苍苍
你依然唠唠叨叨
我仍旧摔门而去

你埋头痛哭，只是干枯的眼睛
已流不出心酸的泪水
我倚着桥墩长啸
已啸不出壮志凌云

总有那么一天，你我撒手尘寰
你找不到光亮
我看不清路径
你埋头痛哭，只是飘渺的游魂
已无法承载一滴泪水
我想仰天长啸
却身处哑地发不出一点声音

总有那么一天，你我从那世界回来
青梅竹马，两小无猜
你吟思无邪，我歌长干行
你懂海水竭，我知山无陵
就这样又开始我们白首的爱情

ཉིན་དེ་འདྲ་ཞིག་ཡོད་སྲིད།

ཉིན་དེ་འདྲ་ཞིག་ཡོད་སྲིད། ངེད་གཉིས་ཀྱི་སྐྲ་ལོ་དཀར་པོར་གྱུར་ཅིང་།
ཁྱོད་ཀྱིས་ད་དུང་རབ་རིབ་མང་པོ་ཞིག་ལབ།
ཁོ་བོས་སྙོ་མོ་ཐགས་སེ་ཕྱིས་ནས་བུད་སོང་།
ཁྱོད་ཀྱིས་སྡུག་པའི་མཆི་མ་ཁུང་དུ་སྦྱིད་ཀྱང་མིག་མཐར་འཁྱིལ།
ཁོ་བོས་སྣ་སླུ་གྱེར་བཞིན་སོང་ཡང་།
མགྲིན་པའི་དབྱངས་སུ་ཁུགས་མ་གྱུར།
ཉིན་དེ་འདྲ་ཞིག་ལ་ཐོན་སྲིད།
ང་ཚོ་གཏན་དུ་མི་ཡུལ་དང་གྱེས་འགྲོ།
ཁྱོད་ཀྱིས་ཟླ་འོད་མི་མཐོང་ལ།
ཁོ་བོས་བགྲོད་ལམ་མ་རྙེད།
ཁྱོད་ཀྱིས་སྡུག་པའི་མཆི་མ་སྨྲང་དང་འདྲེས་ཏེ།
ཐིགས་པ་གཅིག་ཡང་འཐོར་བར་མ་གྱུར།
ཉིན་དེ་འདྲ་ཞིག་ལ་ཐོན་སྲིད།
ང་ཚོ་འཇིག་རྟེན་འདིར་ཕྱིར་ཐོན་ཡོང་།
ཆུང་ཆུང་ལུ་གུ་འཚོ་རོགས། ཡང་ཆུང་མེ་ཏོག་འཐུ་རོགས།
ཁྱོད་ནི་ཞང་བཟང་ཚ་མོ། ཁོ་བོ་བརྩེ་གཞས་གྱེར་མཁན།
ཁྱོད་ཀྱིས་བརྩེ་བ་རྟོགས། ཁོ་བོའི་སློ་སེམས་བརྟན།
འདི་ལྟར་ང་ཚོས་ཡང་བསྐྱར་བརྩེ་དུང་ཉིན་མོ་གསར་པ་བསུ་འགྲོ།

香浪节

山上，神一指点，就长出各种奇异的花朵
河里，晚风鼓荡，会游来各种古怪的生物
它们也发声，也睡眠，也喧嚣
看上去，让人忐忑不安，又心怀感恩

酒香里飞出蝴蝶，扑进花丛
山梁上走来曾经到处游荡的山神
他们也坐着，也说话，也发怒
看上去，让人无可奈何，又心怀担忧

那么多的人，疲倦了，那么多的神，睡着了
就有一头牛，在草地上慢慢地走
却始终走不出它的月下的阴影

我不想喝醉，匆匆赶回来，躺在草原深处
我的女人找到了我，她像个骑手
骑着我到了遥远的天边

གནས་སྐོར་དུས་ཆེན།

གནས་རིར་གཞི་བདག་གིས་ཁྱད་མཚར་བའི་མེ་ཏོག་བཏབ་ཅིང་།
ཆུའི་ནང་དུ་སྤོད་ལྷུང་ཁྲོད་ཆུར་རྐྱལ་བའི་སྲོག་ཆགས་ཁྱད་མཚར་བ་འོང་དུ་བཅུག
དེ་ཚོས་སྐད་འབྱིན་པ། གཉིད་ལོག་པ། ང་རྒྱལ་སྐྱེས་པ་སོགས་བྱེ།
བལྟས་པ་ཙམ་གྱིས་ཞི་མེར་ཡང་ཞིབ་ཏུ་བསམ་ན་སྙིང་རྗེ་སྐྱེ་འོང་།
བདུད་རྩིའི་ཁའི་ནང་དུ་འཕྱུར་འོང་བའི་ཕྱེ་ལེབ་མེ་ཏོག་སྟེང་བབ།
གནས་རིར་གཞི་བཅའ་བའི་གཞི་བདག་གི་ལྷ་རྣམས་ཀྱང་།
བསྟོད་དེ་སྐད་ཆ་དང་ཁྲོ་གཏམ་གང་ཅུང་ལབ།
བལྟས་པ་ཙམ་གྱིས་འུ་ཐུག་ཡང་ཞིབ་ཏུ་བསམ་ན་སེམས་ཁུར་ཆེ།
མི་དེ་འདྲའི་མང་དག་ཅིག་ཐང་ཆད་ནས་འདུག
ལྷ་དེ་འདྲའི་མང་དག་ཅིག་གཉིད་ལས་འདུག
གཡག་གཅིག་གིས་ཡུན་གྱིས་རྩྭ་བཟའ་བཞིན།
ཏ་ཅང་རིང་བའི་མཚན་མོ་འདི་སྐྱེལ་བཞིན་འདུག
ཁོ་བོ་བཟི་མ་འདོད་པར་མྱུར་དུ་ཕྱིར་ལོག་ཏེ་རྩྭ་ཐང་དུ་འགྱེལ།
ཁོ་བོའི་དགའ་མས་ཁོ་བོ་རྙེད་བྱུང་།
ཁོ་མོ་ནི་སྐྱུ་མི་ཅིག་དང་འདྲ་བར་ཁོ་བོར་བཅིབས་ནས་ནམ་མཁའི་མཐར་སྙེགས་སོང་།

我 俩

阴雨天，雨水还是和前年一样多
和去年一样多，从房檐上一点一滴地
滴下来，滴下来，在我们的心里
慢慢地积蓄起来，形成了湖泊

炉盘上，那盛满水的黄铜茶壶，渐渐失去亮色
但还是把火的能量都吸收了
过了好多年，水开始沸腾，发出吱吱的声音
像一个贫穷人家的婴孩，在梦醒时分尖声惊叫

我们都走到院子里，侧耳静听亲人有没有回来
天阴着，偌大的院子里只我们两人
静静地，默默地，傻傻地等着

你把发辫松开，又编上，编上，又松开
看着你，我呆痴了好一会，忽然清醒过来
赶紧回到屋里，往炉子里又添了几根新柴

ཞེད་གཉིས།

ཆར་བབ་ཉིན། ཆར་ཆུ་གཞིས་ནིང་བཞིན་མོད།
ན་ནིང་བཞིན་མོད་ཅིང་།
མདའ་ཡབ་ཏུ་ཐིགས་པ་འཐིགས་བཞིན་ཡོད།
མར་འཐིགས་ཏེ་ཁོ་བོའི་སེམས་སུ་འཛགས།
ཡུན་གྱིས་བསགས་ཏེ་མཚོ་ཆུང་དུ་འཁྱིལ།
ཐབ་ཏུ་ཇ་རྫ་མ་གང་བཞག་ཡོད་ཀྱང་ཡུན་གྱིས་ཁ་དོག་ཡལ།
འོན་ཀྱང་མེ་སྟར་ལས་མཆེད་ཕིང་འབར།
ཡུན་རིང་འགོར་རྗེས་ཧ་ལྷོག་ལྷོག་ཏུ་འཁྱུར་ཅིང་སྒྲ་འབྱིན།
དེ་ནི་གཉིད་ལ་ཆགས་པའི་བྱིས་པ་ཞིག
གཉིད་ལས་སད་མ་ཐུབ་པར་ངུ་བ་དང་མཚུངས།
ང་ཚོ་ར་སྐོར་དུ་འོང་ཏེ་གཉེན་ཉེ་ཕྱིར་ཐོན་ཡོད་མེད་བརྟག་ལ་ཉན།
གནམ་ངོ་ནུབ་འདུག དེ་འདྲའི་ར་སྐོར་ཆེན་པོར་ཞེད་གཉིས་ལས་མི་འདུག
དལ་འཛགས་སེ། ཁུ་སིམ་མེ། ཧད་དེ་འདུག
ཁྱོད་ཀྱིས་སྒྲ་ལོའི་མདུད་པ་གྲོལ་རྗེས་ཡང་བསྐྱར་བསྡུས།
བསྡུས་རྗེས་ཡང་བསྐྱར་གྲོལ།
ཁོ་བོས་ཀྱང་ཁྱོད་ལ་བལྟས་ནས་ཡུད་ཙམ་ལ་ཧད་དེ་ལུས།
སྒོ་བུར་སད་དེ་ཕྱིར་ཁྱིམ་དུ་ལོག་པ་ན།
ཐབ་ཏུ་བུད་ཤིང་མང་པོ་ཞིག་སྤུངས་འདུག

桑多河四季

桑多镇的南边，是桑多河……

在春天，桑多河安静地舔食着河岸
我们安静地舔舐着自己的嘴唇
是群试图求偶的豹子

在秋天，桑多河摧枯拉朽，暴怒地卷走一切
我们在愤怒中捶打自己的老婆和儿女
像极了历代的暴君

冬天到了，桑多河冷冰冰的，停止了思考
我们也冷冰冰的
面对身边的世界，充满敌意

只有在夏天，我们跟桑多河一样喧哗
热情，浑身充满力量

也只有在夏天，我们才不愿离开热气腾腾的桑多镇
在这里逗留，喟叹，男欢女爱
埋葬易逝的青春

སུམ་མདོ་ཆུའི་དུས་བཞི།

སུམ་མདོ་གྲོང་བརྡལ་གྱི་ལྷོ་ཕྱོགས། སུམ་མདོ་ཆུ་ཡི་བཞུར་ཡུལ།
དཔྱིད་དུས་སུ། སུམ་མདོ་ཆུ་བག་ཡངས་དང་ཆུ་རགས་ལ་ཁེན་ནས་བཞུར་འོང་།
ཨུ་ཅག་གིས་ཁྱུ་སུམ་མེར་མཆི་མ་མེད་ལ།
བགྲེས་སྐོམ་གྱིས་མནར་བའི་གཅན་གཟན་དང་མཚུངས།
སྟོན་དུས་སུ། སུམ་མདོ་ཆུའི་འཛིགས་སུ་རུང་བའི་ཨུར་སྒྲ་སྒྲོག་ལ། གནས་འདིར་གཙོལ་སེལ་བྱེད།
ཨུ་ཅག་ཞེ་སྡང་དང་རང་གི་ཆུང་མ་དང་བུ་མོར་སྡིགས་མོ་བྱེད།
སྟོན་གྱི་རྒྱལ་པོ་དྲག་ཤུལ་ཅན་དང་མཚུངས།
དགུན་དུས་སུ། སུམ་མདོ་ཆུ་བོ་བག་ལ་ཉལ་ཅིང་། བསམ་བློ་གཏོང་མཚམས་བཞག
ཨུ་ཅག་ཀྱང་བག་ལ་ཁྱེམ་ལ།
ཉེ་འཁོར་གྱི་ཡོད་ཚད་དཔྲ་རུ་བཟུང་ཡོད།
དབྱར་དུས་སུ། ཨུ་ཅག་དང་སུམ་མདོ་ཆུ་བོ་ཨུར་ཨུར་ཟིང་ཟིང་དུ་འཚོ།
སྤྲོ་སེམས་ཆེ་ལ། ལུས་ཡོངས་སུ་སྟོབས་ཤུགས་ཀྱིས་ཁེངས་འདུག
དབྱར་དུས་སུ་མ་གཏོགས། ཨུ་ཅག་སྤྲོ་སེམས་ཆེ་བའི་སུམ་མདོ་གྲོང་བརྡལ་དང་འབྲལ་འདོད་མེད།
འདི་རུ་སྡོད་ཅིང་། འདི་རུ་དགོད། འདི་རུ་ཕོ་མོའི་བརྩེ་བ་གླེང་།
འདས་སོང་བའི་ལང་ཚོ་ལ་དུར་མཆོད་བྱེད།

当我从群山之巅回到小镇

鸟儿化为鱼，从山谷里出来，泊在桑多河畔
孩子们穿上华丽的衣服，聚到桑多河畔

茶壶像人一样热烈，刀子露出贪婪的光泽
先人们闻到了酒香，桑烟那样在大门口盘桓

我从台阶上下来后，你已在别人的怀里
喝酒，亲吻，把对方搂得紧紧的

我们的孩子是两只猫
在花园里徘徊，闪烁着红色的眼睛

当他们被猴子和狐狸引向别处
亲爱的，那时肯定是我们永不相逢的日子

རི་རྩེ་ནས་ཕྱིར་གྲོང་རྫལ་ཆུང་དུར་ལོག་པ།

བྱིའུ་ཆུང་ཞ་མོར་གྱུར་ཏེ།
རི་གྲོང་བརྒྱུད་ནས་སླེབས་བྱུང་།
སུམ་མདོ་ཆུ་བོའི་འགྲམ་དུ་བསྡད་བྱུང་།
བྱིས་པ་ཚོས་གཟབ་ཆས་སྤྲས་ཏེ།
སུམ་མདོ་ཆུ་བོའི་འགྲམ་ངོགས་སུ་ལྷུགས།
ཛ་མ་དེ་གསོན་པོ་ལྟར་ངར་སེམས་རྒྱས་ཤིང་།
ཞེན་ཆགས་ཀྱི་སློ་གྲིའི་རྣོ་དཔལ་ཇེ་ཆེར་གྱུར།
མེས་པོ་ཚོས་བདུད་རྩིའི་བྲོ་བ་ཚོར་བྱུང་།
བསང་དུད་བཞིན་མཁའ་ནས་ལྡིང་སྐོར་བྱས།
ཁོ་བོ་སྐས་ལས་མར་བབས་པ་ན།
ཁྱོད་རང་གཞན་གྱི་པང་དུ་ཆང་ལ་རོལ།
འོ་བྱེད། དམ་དུ་འཁྱུད་དེ་འདུག
ང་ཚོ་བྱིས་པ་ཞི་ལ་གཉིས་དང་འདྲ་བར
སྐྱེ་ཚལ་དུ་མིག་གཉིས་འཛུམ་བཞིན་འདུག
དེ་ཚོ་སྤྲེའུ་དང་ཕ་མོས་གཡོ་འགུག་བྱེད་དུས།
སྙིང་ཉེ་མ། ང་ཚོ་དུས་གཏན་དུ་འབྲལ་བའི་དུས་ལ་སླེབས་པ་ཡིན།

死　者

扎西吉出生前，她的父亲买了辆摩托车
骑上它，跟着桑多河水走了，再也没有回来

我出生前，我的哥哥和别人打了一架
在冬天冰冷的砂石路上昏迷过去，再也没有醒来

腊月初八那天，我的父亲把磨好的长刀交给屠夫
那只小羊羔的生父，就去了另一个世界

现在，生者继续在我们陌生的天幕下生活着
死者，在我们耳边大声地叫喊，但大家都不曾听见

死者只好回到他们要去的那个世界。也许还会回来
成为树木、鱼类或走兽，但我们还是无法听到他们

འདས་པོ།

བཀྲ་ཤིས་སྐྱིད་མ་སྐྱེས་པའི་སྔོན་ལ།
ཀོ་མོའི་ཨ་ཕས་འཕྲུལ་རྟ་ཞིག་ཉོས།
དེར་ཞོན་ནས་བསང་མདོ་གཙང་པོའི་རྒྱུན་དུ་རྒྱུགས་པས།
གཏན་དུ་ཕྱིར་ཡོང་མེད་པར་གྱུར།
ཀོ་པོ་མ་སྐྱེས་པའི་སྔོན་ལ།
ཕུ་བོས་གཞན་དང་ལག་འཛིང་བྱས།
དཀྲུག་འཁྲུག་གི་ཟགས་ལམ་སྟེང་འགྲེལ་དེ།
གཏན་དུ་གྲིས་སོང་བ་རེད།
རྒྱལ་ལྷའི་ཚེས་བརྒྱད་ཉིན། ཨ་ཕས་སློ་གྲི་བརྡར་ཏེ་ཤན་པར་ཕུལ།
ལུ་གུ་ཆུང་ཆུང་དེའི་ཨ་ཕ་ཕྱི་མའི་ཡུལ་དུ་མངགས།
ད་ལྟ་མ་གསོད་པར་ལུས་ཡོད་པ་དེ་དག
ཀོ་ཚོར་རྒྱུས་མེད་ཀྱི་ཡུལ་དུ་འཚོ་ཞིང་གནས།
མ་གསོན་པ་དག་གིས།
ང་ཚོའི་ཟླ་བར་སྐད་ཆེན་པོས་གྲགས་ཀྱང་།
སུ་ཞིག་གིས་ཀྱང་ཐོས་མ་སོང་།
མ་གསོན་པ་དེ་དག
ཀོ་ཚོའི་བདེ་བ་ཅན་གྱི་དག་ཞིང་དུ་འགྲོ་དགོས་ཤིང་།
ནམ་ཞིག་ཕྱིར་འོང་ན་ལྟོན་ཤིང་ངམ།
ཉ་རིགས། ཡང་ན་གཅན་གཟན་གང་ཞིག་ཏུ་འགྱུར་ཡང་སྲིད།
འོན་ཀྱང་ང་ཚོས་གཏན་ནས་དེ་ཚོ་མཐོང་ཐབས་མེད།

桑多的樱桃熟了

阿尼玛卿山神还未收留被自由神诅咒过的太阳
桑多河里的月亮就穿上了金枝银叶打就的裙裳

我买过水草绿苹果绿橄榄绿的各色翡翠
也曾被桑多女孩扎西吉拥进她的怀里

哦，她的怀里，有小母牛的乳香
哦，她的眼里，有未婚妈妈的迷离

我总是梦到蚰蜒，也许也被蚰蜒梦及
身体变得细长，毛发化为百足，血液成为白汁

眼睛也发出嫩芽，生长出两株菩提
我看到桑多的秋天来了，桑多的樱桃红了

桑多的姑娘扎西吉早就成熟了
她站在一面巨型广告牌下，像个失足的少女

སུམ་མདོའི་ཁམ་སྒོང་སྨིན་སོང་།

རྟ་བདུན་དབང་པོ་ཡུན་གྱིས་རྨ་ཆེན་གངས་རིའི་ཕག་ཏུ་བཞུད།
སུམ་མདོ་སྔོན་མོས་དཔལ་གྱིས་དངུལ་དཀར་ལྭ་བ་བསླུབས།
ཁོ་བོས་ཉོས་པའི་སྣ་ཚོགས་མདངས་ཀྱི་གཡུ་བྱུར་དེ།
སྔོན་ཆད་སུམ་མདོའི་བུ་མོ་བཀྲ་ཤིས་སྐྱིད་ཀྱི་བྲང་དུ་རྒྱན་ཡོད།
ཨེ་མ། ཁོ་མོའི་བྲང་ཁར། མཛེས་ཤིང་རྒྱས་པའི་ཞོས་བུམ་ཡོད།
ཨེ་མ། ཁོ་མོའི་མིག་མདངས་སུ། ན་ཆུང་མའི་ཟུར་མིག་ཡོད།
ཁོ་བོས་རྒྱུན་དུ་འབུ་རྐང་བརྒྱ་མ་རྩིས་ཡོང་།
འབུ་རྐང་བརྒྱ་མས་ཀྱང་རྩིས་ཡོད་སྲིད།
ལུས་པོ་ཕྲ་ཞིང་སྐྱུ་ནི་རིང་བོར་སྐྱེས།
ཁྲག་ཀྱང་ཆུ་ལྟར་རྒྱུ།
སྨིན་མ་ཟུང་ལ་བྱང་ཆུབ་ཀྱི་སྨྱུ་གུ་འབུས་ཡོད།
ཁོ་བོས་སུམ་མདོར་སྟོན་ཁ་སླེབས་བྱུང་བ་མཐོང་། སུམ་མདོའི་ཁམ་སྒོང་སྨིན་ཡོང་བ་མཐོང་།
སུམ་མདོའི་བུ་མོ་བཀྲ་ཤིས་སྐྱིད་སྟར་ནས་ལང་ཚོ་སྨིན་འདུག
ཁོ་མོའི་བཟད་ཁྲབ་སྨྱུར་བྱང་དུ་ཁོག་སྟོད་ལས་མངོན་མི་འདུག

扎西吉，你能带走我吗?

桑多河畔多么安静，晨曦自东山突现
琉璃瓦的屋顶在光中颤动，波浪般鼓荡不息

早起梳妆的扎西吉，让人心疼的扎西吉
骑着红色摩托要去县城的扎西吉

——你能带走我吗?
——你能带走我吗?

带我远离这牛皮一样韧性的生活
带我走入你的神秘又陌生的森林

你的选择就是我的道路。我就是那个
失明很久的人，爱，已在骨头里藤蔓般滋生

བཀྲ་ཤིས་སྐྱིད་ལགས། ཁྱོད་ཀྱིས་ང་རང་འཁྲིད་ཐུབ་བམ།

སུམ་མདོ་ཆུ་བོའི་འགྲམ་རྒྱུད་ནི་ཇི་འདྲའི་ལྷིང་འཇགས་ཞིག་རེད་ཨང་།

ཞོགས་པའི་ཉི་གཞོན་ཤར་རིའི་རྩེ་ནས་ཐོལ་གྱིས་འཆར་ཏེ།
ཇ་ཡམ་རྩེ་མས་བརྒྱན་པའི་རྒྱ་ཕིབས་ཉི་ཟེར་གྱི་ཁྲོད་ན་ལྷེམ་ལྷེམ་དུ་གཡོ་བཞིན་འདུག
བཀྲ་ཤིས་སྐྱིད་ནི་སྔོ་མོ་ནས་མལ་ལས་ལངས་ཏེ་ལུས་ལ་རྒྱན་ཆ་སྤྲས།
སྙིང་དུ་སྡུག་པའི་བཀྲ་ཤིས་སྐྱིད།
བཀྲ་ཤིས་སྐྱིད་ཀྱིས་འཕྲུལ་རྟ་དམར་པོར་ཞོན་ནས་རྫོང་ཐོག་ལ་ཆས་སོང་།
ཁྱེད་ཀྱིས་ང་རང་འཁྲིད་ཐུབ་བམ།
ཁྱེད་ཀྱིས་ང་རང་འཁྲིད་ཐུབ་བམ།
ང་རང་ཀོ་བ་ལྟར་སྐྱོང་བའི་འཚོ་བ་འདི་དང་ཁ་གྱེས་ནས་རིང་དུ་འཁྲིད་རོགས།
ང་རང་ཁྱེད་ཀྱི་ཁྱད་མཚར་དང་རྒྱུས་མེད་ཀྱི་ནགས་ཚལ་ལ་འཁྲིད་རོགས།
ཁྱེད་ཀྱི་གདམ་ག་ནི་ངའི་འགྲོ་ལམ་ཡིན་ལ།
ང་ནི་མིག་དབང་ཉམས་ནས་ཡུན་རིང་འགོར་ཟིན་པའི་མི་དེ་ཡིན་ཡ།
བརྩེ་བ་དེ་རུས་གསེང་ནས་སྤྲ་འཁྱིལ་ལྟར་སྐྱེ་འཕེལ་བྱུས་ཟིན།

你

桑多河的河水，还没有像往常那样匆匆流入洮河
斜阳桥上的东风，还没有吹绿桥头的杨树叶子
你就跟着一个男人走了，说是要去山那边
我跟在你身后嚎啕大哭，你不曾回头看我一眼

母亲的白发，还没有被时光慢慢地还原成黑色

父亲的脊梁，还没有像大山那样挺起家族的希望
你又回来了，说是山那边也就那个样
我尽量躲避着你，你却找到了我，搂着我哭了很久

ཁྱེད།

སུམ་མདོ་ཆུ་བོ། ནམ་རྒྱུན་དང་མི་འདྲ་བར་དལ་བ་དལ་བུར་ཐུར་དུ་འབབ།
ཆུ་རོལ་ཟམ་སྣེའི་ རླུང་བུ། ད་དུང་ཕ་གའི་ཟམ་སྣེའི་ཁམ་སྡོང་ལོ་མར་སླེབས་མ་བྱུང་།
ཁྱོད་རང་སྐྱེས་པ་གཞན་དང་འགྲོགས་ཏེ།
ཕར་རིའི་སྟེང་དུ་འགྲོ་རྒྱུར་ལབ།
ངས་ནི་ཁྱོད་རྗེས་འཁྲིངས་བཞིན་མགྲིན་པ་སྔོངས་ནས་ལུས།
ཁྱོད་ནི་ཕྱིར་བལྟས་མེད་པར་རིང་ནས་རིང་དུ་གྱེས།
ཡུམ་ཆེན་གྱི་སྐྲ་དཀར། ལོ་ཟླའི་འཕོ་འགྱུར་དང་བསྟུན་དཀར་པོ་ནས་དཀར་པོར་གྱུར།
ཡབ་ཆེན་གྱི་འདེགས་ཤིང་། ལྷུན་པོ་བཞིན་ཁྱིམ་ཚང་གི་མདུན་མ་འདེགས་མཁན་དུ་
གྱུར་མ་བྱུང་།
ཁྱོད་རང་ཕྱིར་ཐོན་བྱུང་། བཤད་ན་ཕར་རིའང་སྔར་བཞིན་དུ་འདུག་ཟེར།
ཁོ་བོ་ཇི་ལྟར་གཞའ་ཡང་ཁྱོད་ཀྱིས་བཙལ་ཏེ་འཁྱུད་པའི་མིག་ཆུ་འདོན།

达娲谣

这个刚刚梳好头的达娲，要陪着人哭，陪着人笑
这个刚刚洗净身的达娲，要陪着人睡，陪着人走
等待如此漫长，使供堂里的那盏酥油灯，也灭了
这个山后的女子，一觉醒来，已经离开了她的爹娘

另一块土地上，名叫达娲的姑娘，也陪着人哭，陪着人笑
在梳好头洗净身以后，也陪着人睡，陪着人走
这个山前的女子，深情地驻留在圆月映照的湖边
裸露着羚族才有的发亮的、典雅的、温热的身躯

人们不说她们是藏地的白桦，或高山的雪莲
不说她们是桑多河边的金菊，或谢阳桥上的灯光
只说她们就是失踪多年的羚们，徘徊在神仙居住的地方

人们不说她们的身上发着白光，还是发着红光
只说在她们前世的光晕下，你，我，他
来生来世，都将是她们的坐地修行的情郎

ཟླ་བའི་མཆལ་གཏམ།

སྐྲ་ཤད་མ་ཐག་པའི་ཕོ་མོ། ཆགས་སྡུང་ལ་སྒོངས་བས་ཟླ་བར་འགོད།
ལུས་གཙང་མར་བཀྲུས་མ་ཐག་ཕོ་མོ། རང་ཚུགས་ཀྱིས་དབེན་པས་ཟླ་བར་འགོད།
ལོ་ཟླ་མང་པོ་འདས་པ་ན་མཆོད་གཤམ་དུ་ཡོད་པའི་མར་མེའང་གཟིམས་པར་གྱུར།
ཡིན་ཡང་རི་དེའི་ཕ་རོལ་གྱི་བུ་མོའི་རྟོགས་པ་སད་དུས།
ཕོ་མོའི་ཕ་མ་གཉིས་གཏན་དུ་མི་ཡུལ་དང་གྱེས་ནས་ཡོད།
ཡུལ་གཞན་ཞིག་ཏུའང་ཟླ་བར་འགོད་པའི་བུ་མོ་ཞིག རང་ཚུགས་ཀྱིས་ཏ་ཙང་
དབེན་ལ།
ཁ་ལག་གཙང་མར་འཁྲུ་རྗེས་གཞན་རྟེན་གྱི་འཚོ་བ་རོལ་དགོས།
རི་འདིའི་རྩ་རོལ་གྱི་བུ་མོ་འདི། བཅོ་ལྔའི་དུང་ཟླ་ཟུགས་པའི་མཚོ་འགྲམ་དུ་བརྗེ་
བ་ལ་འཁྲིངས་ཏེ། རིག་བྱུར་འཛམ་ལ་ཤ་མདངས་དཀར་བའི་ལུས་པོ་གཅེར་བུར་
བུད་ནས་བསྡད།
ཕོ་མོ་གཉིས་ནི་བོད་ཡུལ་གྱི་སྐར་ཀ་མིན་ལ་མཐོ་སྒང་གི་གངས་ལྷའང་མིན།
ཕོ་མོ་གཉིས་ནི་སྲུམ་མདོར་བཞད་པའི་ལུག་མིག་མིན་ལ་ཉི་ནུབ་ཟམ་པའི་སྒྲོན་
འོད་ཀྱང་མིན།
ཕོ་མོ་གཉིས་ནི་ལོ་མང་གར་སོང་མ་ཤེས་པའི་གླིང་གི་རྒྱུད་པ།
ཕྱིར་འོང་ནས་དྲང་སྲོང་བསྟི་གནས་སུ་འཚོ་ལ་ལགས།
ཕོ་མོ་གཉིས་ཀའི་སྐྱེ་གཟུགས་ནི་ཇི་ལྟར་མཚར་དང་མ་མཚར་ཏུང་།
སྐྱེ་བ་སྔོན་གྱི་ལས་འབྲས་སུ་ཚེ་འདིར་གང་ཟག་སུ་ཞིག་ཡིན་ཡང་།
ཚེ་རབས་གཏན་དུ་ཕོ་མོ་གཉིས་དང་མཉམ་དུ་འཚོ་བའི་བྱམས་པར་ལགས།

桑多镇檐雨

我常常梦到小时候偶遇的那只白额母狼
梦见她在河边变为背水的女人
来到桑多镇，与我们生活在一起

很多年了，桑多镇几度被夷为废墟
又几度海市蜃楼般忽然出现
收留了那么多的牧人、银匠和马客

也允许一个臀部浑圆的外地红发女郎
在暧昧的夜里
接纳那么多无家可归的落魄的浪子

很多年了，我掏出心里的豺狼与虎豹
渴望与小镇上的人们
一起聆听那发出空响的檐雨

哎，寂寞不过檐雨，幸福不过檐雨
一生的平静淡泊好不过檐雨
在檐雨之晨，让我再遇那背水的女子

སུམ་མདོ་གྲོང་རྡལ་གྱི་ཆར་བ།

ཁོ་བོས་རྒྱུན་དུ་སྙེས་དབང་དུ་འཕྲད་པའི་ཕ་མོ་སྒྲོག་དཀར་མ་རྨིས་འོང་།
དེ་ཉིད་གཙང་འགྲམ་དུ་ཆུ་ཁུར་བུ་མོར་གྱུར་ཅིང་།
སུམ་མདོའི་གྲོང་དུ་འོང་ནས་ང་ཚོ་དང་མཉམ་དུ་སྡོད་པ་རྨིས་བྱུང་།
ལོ་ཧ་ཙང་མང་པོ་འགོར་སོང་།
སུམ་མདོ་གྲོང་རྡལ་ཞིག་རལ་ཏུ་གྱུར།
གློ་བུར་དུ་དྲི་ཟའི་གྲོང་ཁྱེར་ལྟ་བར་གྱུར།
འཕངས་ཆོས་སྨོར་བའི་གནས་ཡུལ་གཞན་གྱི་བུ་མོས།
སྨན་ནག་གི་མཚན་མོར།
ཕྱི་རོལ་ཏུ་འཁྱམས་པའི་ཁྲམ་པ་མང་པོ་མགྲོན་ལ་བསུས་སོང་།
ལོ་ཧ་ཙང་མང་པོ་འགོར་སོང་།
ཁོ་བོའི་སྙིང་དུ་སྡུག་པའི་སྤྱང་ཀི་དང་སྟག་གཟིག
སྐོམ་པ་ཆུ་ལྟར་འདོད་པའི་གྲོང་རྡལ་ཆུང་ངུའི་མི་རྣམས།
ཚང་མའི་སྙན་པ་གྲགས་སྟོང་གི་ཆར་བར་རེ་ནས་བསྡད་ཡོད།
ཨེ་མ། ཆར་བའི་ཁེར་རྐྱང་གི་གདུང་བ་སེལ་མི་ཐུབ་ལ།
ཚེ་གཅིག་གི་ལྷིང་འཇགས་འཚོ་བ་དེ་བས་ཀྱང་སྟེར་མི་ཐུབ།
ཆར་པ་འབབ་པའི་ཞོགས་པར།
ཁོ་བོ་ཡང་བསྐྱར་ཆུ་ཁུར་བུ་མོར་འཇལ་ཏུ་ཕྱིན།

嫁接的树

树，原本是沙树，只结小小的酸酸的果子
后来，你的汉族父亲嫁接了一枝白梨
这树，五年之后，成了高大繁茂的梨树了

秋天，我帮你摘取那些白净硕大的白梨
在把它们拾到篮子里的时候
突然就感觉到物种变异的奇迹

在桑多镇上，我也渴望着更多的奇迹
你教会我在沙果树上嫁接苹果
在巴梨上嫁接来自青海的红梨
甚至在橘树上嫁接出桃子

啊呀，我俩终于在一起了
想起这民族团结的新家庭
顿时一阵辛酸，又是一阵甜蜜

འབྲས་བུ་སྨིན་པའི་སིལ་སྟོང་།

སྟོང་པོ། སྦྱ་ངན་གྱི་སྟོང་པོ། ཆུང་ལ་མངར་བའི་འབྲས་བུ་ཐོགས་སོང་།
རྗེས་སུ། ཁྱོད་ཀྱི་ཡབ་ཆེན་གྱིས་དེར་ཤིང་སྟོང་ལིའི་རྐང་གཅིག་བཙུགས་པས།
ལོ་ལྔའི་རྗེས་སུ་སྟོང་པོ་འདི།
མཐོན་པོར་བསྐྲིང་བའི་ལི་སྟོང་དུ་སྨིན་སོང་།
སྟོན་ཁར། ཕོ་བོས་ལི་རྐང་ཆེན་པོ་དག་བརྟོགས་རོགས་བྱས་ནས།
དེ་དག་སླེ་ཟམས་སུ་བཏུ་སྐབས།
དངོས་པོའི་འགྱུར་ལྡོག་ཁྱད་མཚར་བ་རྟོགས་སོང་།
སུམ་མདོ་གྲོང་རྡལ་དུ། ཕོ་བོས་ཁྱད་མཚར་བ་མང་དུ་འབྱུང་བར་རེ་ཞིང་སྒུག
ཁྱོད་ཀྱིས་སྦྱ་ངན་ཤིང་སྟེང་དུ་ཀུ་ཤུ་སྐྱེ་རུ་འཇུག་པའི་ཐབས་ལ།
པླ་སྟོང་དུ་མཚོ་སྔོན་གྱི་ལི་དམར་སྐྱེ་རུ་འཇུག་པའི་ཐབས་ཀྱང་སླབས།
ཐ་ན་ཚ་ལུ་མའི་ཤིང་སྟོང་དུ་ཁམ་བུ་ཐོག་ཏུ་འཇུག་པའི་ཐབས་ཀྱང་སླབས།
ཨེ་མ། ང་ཚོ་མཉམ་དུ་སྡོད་ཐུབ་སོང་།
མི་རིགས་མཐུན་སྒྲིལ་གྱི་ཁྱིམ་གཞིས་གསར་བ་བསམ་བཞིན།
འཚོ་བའི་མངར་སྐྱུར་ཁ་གསུམ་མྱོང་དགོས་པ་ལའང་།

我　们

在猕猴和罗刹女偶遇的
那个蛮荒时代
我和你诞生在青藏腹地
成长为聋哑高原上的雪豹

我们钻木取火烧烤兽肉
从大地上获取五谷
你在山洞里画出壁画
我在羊皮上写下深情的诗篇

后来
我渴望四处征战
你渴望固守一隅
不愿离开生你养我的故土

风雪突至，灾祸来临
我们还是离开了家园
在贫穷与困惑里找到了佛祖
尝试着灵魂的皈依

几十年过去了

几百年过去了
我们的兄妹在桑多一带游牧
或者农耕，书写出厚重的部落秘史

现在啊，我们的孩子
在青藏快车的长鸣声里
被东方山顶的阳光普照
渐渐地踏上了香巴拉的坦途

ང་ཚོ།

སྤྲེའུ་སེམས་དཔའ་དང་བྲག་སྲིན་མོ་འདུས་པའི།
གདོད་མའི་དུས་སྐབས་སུ།
ངེད་གཉིས་མདོ་དབུས་མཐོ་སྒང་གི་ལྷེ་བར་ལྷེ་ཁྲག་འཁོར་ལ།

ང་ཚོས་ཤིང་ལས་མེ་བླངས་ཤིང་ཤ་སྲེག །
ཞིང་དུ་འབྲུ་རིགས་སྣ་ལྔ་བླངས།
ཁྱོད་ཀྱིས་བྲག་ཕུག་གི་ངོས་སུ་ལྷེབས་རིས་བགོད།
ང་ཡིས་པགས་པར་བརྩེ་བའི་རི་མོ་སྙན་པའི་ཡི་གེར་ཕབ།
རྗེས་སུ།
ངས་ནི་ཕྱོགས་བཞི་འདུལ་བའི་གཡུལ་ལ་འདུན་མ་ཕྱོགས།

ཁྱོད་ཀྱིས་སྤྱིལ་ཁང་སྲུང་ནས་ཡུལ་དུ་སྡོད་ལ་ཕྱོགས།
འདིད་གཉིས་བསྐྱེད་པའི་ཡུལ་དང་འབྲལ་བར་མ་ཐོད་ལུས།
ཆར་རླུང་གནོད་པའི་འཚོ་བ་མ་ཡོང་གོང་།
ང་ཚོ་ཁྱིམ་གཞིས་དེ་དང་བྲལ་ནས་སོང་།
ཐབས་ཆག་དང་དཀའ་སྡུག་གི་ཁྲོད་ནས་རང་གི་མགོན་པོ་ངོས་ཟིན་ཏེ།
རྣམ་ཤེས་ཀྱི་སྐྱབས་མགོན་ལ་གུས་ཕྱག་ཕུལ།
ལོ་ངོ་བཅུ་ཕྲག་ཁ་ཤས་འགོར་སོང་།
ལོ་ངོ་བརྒྱ་ཕྲག་ཁ་ཤས་འགོར་སོང་།
ང་ཚོ་མིང་སྲིད་ཚོ་སུམ་མདོར་ཞིང་འབྲོག་ལས་སུ་བྲེལ་ཏེ།
ཚོ་བའི་ལོ་རྒྱུས་རིང་མོ་རྟུལ་ཁྲག་གི་ཡི་གེར་ཕབ།
ད་ལྟ་ང་ཚོ་བྱིས་པ་དག་མདོ་དབུས་མཐོ་སྒང་གི་ཟིང་ལུང་དུ་འཚོ་ཞིང་།
ཤར་ཕྱོགས་རི་རྩེ་ནས་འཕགས་པའི་ཉི་འོད་ཡུན་གྱིས།
ཤམ་ལྷ་ལའི་ཞིང་གི་ལམ་དུ་འཚེར་ནས་ཁྱབ།

爱情之星

爱情之星在高处，它冷眼看这人世

到处都是爱与恨的果子，坠向迷乱的深渊

“我一九七二年出生，在乡村度过童年，

之后迷失于繁华城市。”

这样叙述着，仿佛梦游者痛苦的呻吟

圣光沐照高原湖泊。我想象：
出浴的贵德姑娘，有着苹果梨儿的味儿
我听见：“若要我俩的姻缘散，
三九天，青冰上开一朵牡丹！”
这一切啊，也是梦游者痛苦的呻吟

爱情之星在高处，它冷眼看这人世
它隐约听说的私语：
“九七年我要偷食禁果，九八年，
我要与她相依为命。”
——更是梦游者绝望中的痛苦的呻吟

བརྩེ་དུང་གི་སྐར་མ་སྨིན་དྲུག

བརྩེ་དུང་གི་སྐར་མ་སྨིན་དྲུག་མཁའ་དབྱིངས་སུ།
ཁྲོ་ཉམས་ཀྱིས་མི་ཡུལ་དུ་གཟིགས་དུས།
མི་ཡུལ་དུ་བརྩེ་བ་དང་ཞེ་སྡང་གིས་ཡོངས་སུ་སྨིན་འདུག་པ་མཐོང་།
དོན་གཉིས་ལོར་ལྷེ་ཁྲག་ས་ལ་འཐོར་ཤིང་ཞིང་གྲོང་དུ་བྱིས་པའི་འཚོ་བ་སྐྱེལ།
དེ་རྗེས་ཟང་ཟིང་གི་གྲོང་ཁྱེར་དུ་རྫོངས་པའི་མགོ་བོ་འཐོམས།
འདི་ལྟར་བརྗོད་ན་གཉིད་ཁུང་དུ་ན་ཟུག་གི་འཁུན་སྒྲ་སྒྲོགས་པ་དང་གཉིས་སུ་མེད།
ཁྲི་གདུགས་ཉི་མའི་འོད་སྟོང་མཐོ་སྒང་གི་མཚོ་ཁུར་ཟུགས།

ཁོ་བོས་རི་གྲོང་གི་ཁྲི་ཀའི་བུ་མོར།
ཤིང་རྟོག་ཀུ་ཤིའི་དྲི་མ་ཡོད་པ་ཚོར་བྱུང་།
ཁོ་བོས་གལ་ཏེ་ངེད་གཉིས་ལུས་མཐུན་གྱི་བཟའ་ཚང་དུ་མ་ཉན་ན།
ཉིན་ཉེར་བདུན་གྱི་རྗེས་སུ་དར་ཁར་མེ་ཏོག་པདྨ་བཞད་ངེས་པ་ཤེས།
འདི་ཡོད་ཚད་ཀྱང་གཉིད་ཁུང་དུ་ན་ཟུག་གི་འཁུན་སྒྲ་སྒྲོགས་པ་དང་མཚུངས།
བརྩེ་དུང་གི་སྐར་མ་སྨིན་དྲུག་མཁའ་དབྱིངས་སུ།
ཁྲོ་ཉམས་ཀྱིས་མི་ཡུལ་དུ་གཟིགས་དུས།
ཁོས་དུས་བཅད་ཀྱི་གསང་བ་ཅིག་ཐོས་པ་སྟེ།
གོ་བདུན་ལོར་ཁོ་བོར་ལུས་འབྲེལ་བྱུང་ཞིང་།
གོ་བརྒྱད་ལོར་ཁོ་མོ་དང་ཚེ་གཅིག་གི་མདུད་པ་བརྒྱབ། ཞེས་པའོ།
འདི་ཡང་རེ་ཐག་ཆད་པའི་གཉིད་ཁུང་ན་ཟུག་གི་འཁུན་སྒྲ་ཞིག་ཏུ་འཁྱུམས་སོ།

当爱情化为星辰

夏天已经过去，深秋还未莅临
草地上的男欢女爱，转移到大院深宅
当爱情化为星辰
以甘南作为抒情的大背景
仰望天幕的人，将会感到幸运

那欲望的耳朵偷听到的安慰：

“爱吧，爱吧，相互搂抱，相互依偎，
体验蜂蜜般的毒，也品尝砒霜般的爱，
你们将会清醒，从此获得安宁。”
——仿佛也是来自前世的声音

被异性伤害过的昏睡者
他们一开口，就会诉说一场秘密恋情
当爱情化为星辰，照辉甘南乡村
那遥远的欲的召唤已回声频频
走向绝望的人，再次体验了生活的激情

བརྩེ་དུང་ནི་རྒྱུ་སྐར་བཞིན།

དབྱར་ཟླ་རིང་མོ་དེ་ཡར་བཞུད་ཀྱང་།
སྟོན་ཟླ་འགོ་མ་ད་དུང་ཆེས་མ་བྱུང་།
སྤང་གཞུང་ཁྱུག་གི་བརྩེ་བའི་ཕོ་མོ་གཉིས།
རྫོད་ཁྲིམ་གྱི་ཁྲིམ་དུ་སྤར།
བརྩེ་དུང་རྒྱུ་སྐར་དུ་གྱུར་ཏེ།
ཀན་ལྷོར་དུང་བའི་མཁའ་དབྱིངས་སུ་མཆོར་བ་ན།
མཚན་དོགས་སུ་སྤྱོད་པའི་མི་དེའི་སེམས་སུ་དགའ་བདེས་ཁྱབ་སོང་།
སྙན་པར་ཆགས་པའི་རྣ་བས་སེམས་གསོ་སྐྱེ།

བརྩེ་དུང་གི་མདུད་པས་ཕན་ཚུན་དམ་པར་འཁྱུད་ཅིང་།
སྦྲང་རྩི་ལྟར་མངར་ལ་དུག་ལྟར་གནོད་པའི་བརྩེ་དུང་ཉམས་སུ་མྱོངས་པས།
ཕོ་མོའི་རྟོགས་པ་སད་ཅིང་བདེ་བ་ཐོབ་སོང་ཞེས་སྐྱེ་བ་སྟོན་མའི་བག་ཆགས་སད་
པ་ལྟ་བུ་སྐད་ཅིག་ཐོས།
བརྩེ་དུང་གིས་མཐར་བའི་མི་དེར།
ཕོ་མོས་ཁ་གྲགས་མ་ཐག་ནས་གསང་བའི་མཛའ་གཏམ་ཅིག་རྗོད་པར་བྱེད།
བརྩེ་དུང་རྒྱུ་སྐར་དུ་གྱུར་ཏེ་ཀུན་ལྗོ་ཏུ་མཆོར་དུས།
ཆགས་ཞེན་གྱི་འཁོད་བརྡ་རྒྱང་རིང་ནས་གྲགས་འོང་ལ།
རེ་ཐག་ཆད་པའི་མི་དེ་ཡང་བསྐྱར་འཚོ་བའི་སེམས་པ་བསྐུལ་འོང་།

夜幕下的交际舞

“时候到了，我们走吧？”
早早拉开夜幕的人可喜可贺
他一人独占了夜晚的好戏
朝秦暮楚的女人可喜可贺
她一人容纳了那么多的粗糙爱情

必须欢迎每个情愿的光临者
必须问候每一个婴孩的母亲
这七彩的灯，这暖昧的情调

这被肉体的异味浸淫了的氛围
远离了啊，那羔羊唤醒的黎明

我已遗忘了那些责问的眼睛
和那酥油灯下的温馨情怀
无须打问这个与那个
或者：这事是不是常常发生？因为
归根的落叶决不询问它源自哪一枝条

这些忠实于私生活的男女没有错
他们谨慎地保护着内心的寂寞
和世纪末的困惑。“时候到了，
我们走吧！”走失的心仍会返回家中
并且继续梦见宁静与祥和

མཚན་རྟོགས་ཀྱི་སྐྱི་འབྲེལ་བྲོ་གར།

ང་ཚོ་འགྲོ་རན་སོང་།
སླག་རྡུམ་གྱི་ཡོལ་བ་སྤུ་མོ་ནས་འཛིན་བྱུང་བས།
ཕོ་མོ་གཅིག་ཕྱུར་དབང་བའི་མཚན་མོའི་འདིའི་གར་ལ་སྦྲོ་དགས་རོལ་ཚོག
རང་ཚུགས་མི་བརྟན་པའི་ཕོ་མོས་ཀྱང་བཙོས་མའི་བརྩེ་བ་རྡུམ་གང་བྲང་ལ་སྦྱར་

ཏེ་བཟི་ཡོད།
མ་བོས་རང་མོས་ཀྱི་མགྲོན་པོ་རེ་རེ་མཛུམ་གྱིས་ཚུར་ལ་བསུ།
ཁྲིའུ་ཆུང་པང་དུ་ཉུམ་པའི་མ་ཡུམ་རེ་རེར་འཚམས་འདྲིའི་བདེ་ལེགས་ཞུ།
ཁ་དོག་སྣ་བདུན་གྱི་སྤྲིན་མེ།
མདངས་མི་གསལ་ཉམས།
དྲི་མས་རྫོད་པའི་མཁའ་དབུགས་འདི་དག་ཡོད་ཚད།
ལུག་ཁྱུས་འབའ་སྒྲ་སྒྲོགས་པའི་སྐྱ་རེངས་སུ་ཚང་མ་རྒྱང་དུ་བཞུད་སོང་།
གཟབ་ནན་གྱི་ཞལ་རས་དང་དྲོད་ཁོལ་མ་ཡལ་བའི་བརྩེ་བ།
གནས་ཚུལ་གང་དང་།
ཡང་ན་དོན་དེ་རྒྱུན་དུ་འབྱུང་བཞིན་ཡོད་མེད་ཅི་ཡང་འདྲི་མི་རིགས་ཏེ།
ས་ལ་འཕྱོར་བའི་ལོ་མས་གཏན་ནས་རང་ཉིད་གང་ནས་འཕྱོར་བ་མི་འདྲི་བ་བཞིན་ནོ།
རང་གི་འཚོ་བར་ལྷག་བསམ་ཡོད་པའི་ཕོ་མོ་དག་ནོར་ཡོད་པ་མ་རེད།
ཁོ་ཚོས་གཟབ་ནན་གྱིས་ནང་སེམས་ཀྱི་སྐྱོ་བ་དང་དུས་འཛིག་གི་ཐེ་ཚོམ་སེལ་གྱིན་ཡོད།
ང་ཚོ་འགྲོ་རན་སོང་།
ཁ་ཕྱོགས་བོར་བའི་སེམས་དེ་ཕྱིར་ཁྱིམ་དུ་ལོག་པར་མ་ཟད།
སྦུ་མཐུད་དུ་ལྷིང་འཇགས་དང་ཞི་བདེ་རྨི་ལམ་དུ་རྨི་སྲིད།

初　春

春雪暴露了哀歌、琴声和女奴的遐想
当黄昏悄然渗入，经历过疼痛的人

将从镜中发现自我，他深感困惑
安静吧，故地重游是幸福的
而向那模糊形象诉说则充满诗意

行动着的绿，已经到来
黯淡的眼睛，遇到一缕春色便倏然睁开
沉默的嘴唇，找到一个甜密之吻便激动起来
当一页信笺把秘密泄漏
难道真的有人迎面就会碰到好光阴

因此，在她们吟诵爱情之际，请聒噪者闭嘴

朗读中的爱情清晰可闻，爱的呼唤
仿佛百花盛开：向日葵的荣光，罂粟的狂热，
野百合的温情。啊，如果谁不需要致命的爱情，
那么请他退出历史舞台。因为：爱情
滋生了美，而美让我们对生命充满期待！

དབྱིད་འགོ

དབྱིད་ཀྱི་ཁ་བས་ཁོ་མོའི་སྐྱོ་གདུང་ལྷང་ལ་སུད།

ས་སྲོད་ཡུན་གྱིས་སླེབས་བྱུང་།
ན་ཟླུག་གི་ཚོར་བ་བརྒྱུད་སྦྱོང་བའི་མིས།
མི་ལོང་ལས་རང་ཉིད་ངོས་ཟིན་པར་གྱུར།
ཁོ་རང་སེམས་གཏིང་ནས་ཐང་ཆད་དེ་དལ་འཇགས་སེར་ལུས།
ཕྲར་སོང་བསྐྱར་སྐྱོད་ནི་བདེ་སྐྱིད་ཅིག་དང་།
གཟུགས་བརྙན་རབ་རིབ་དེར་སྣན་ཚིག་གིས་ཕྱུག་པར་ལབ།
ལྗང་མདོག་ཏུ་གྱུར་སོང་།
ཁྲ་ཆུང་གི་མིག་དེ་དཔྱིད་ཉམས་དང་བསྟུན་ནས་ཕྱེས་སོང་།
སྨྲ་ལྕེས་དབེན་པ་དེ་མངར་བའི་འོ་དང་བསྟུན་ནས་རྐོལ་ཏུ་ཕྱིན།
གསང་བ་ཤོག་ལྷེ་གང་ཕྱི་ལ་ཤོར་བས་ན།
ད་དུང་ངོ་ཚས་མི་སྐྱེངས་པ་སུ་ཞིག་ཡོད་དམ།
དེ་བས་ཁོ་མོ་ཚོས་བརྩེ་དུང་བརྗོད་སྐབས།
བཤད་རྒྱུ་མ་མང་བར་སྡོག་ཅིག
གྱེར་འདོན་བྱེད་པའི་བརྩེ་དུང་ཟ་བར་སྣན་པས་བརྩེ་དུང་གི་འབོད་པར་བརྗོད།
མེ་ཏོག་སྣ་བརྒྱ་བཞད་པ་དང་འདྲ་སྟེ། ཉི་དཀའ་མེ་ཏོག་གི་གཟི་འོད་མཆེད་ཅིང་།
རྒྱ་མེན་མེ་ཏོག་གི་འབུམ་པ་རྒྱས་ཡོད། ལུག་མཉེ་མེ་ཏོག་གི་བརྩེ་བ་བཏགས་ཡོད།
ཨ་མ། གལ་ཏེ་སུ་ཞིག་ལ་སྲོག་འཕྲོག་པ་ལྟ་བའི་བརྩེ་དུང་མི་མཁོ་ཆེ།
ལོ་རྒྱུས་ཀྱི་གར་སྟེགས་སུ་ཕྱིར་བུད་ཚོག
རྒྱུ་མཚན་བརྩེ་དུང་ལ་མཛེས་སྡུག་གི་བློ་བ་སྨིན་ཆེ།
མཛེས་སྡུག་གིས་ང་ཚོར་ཆེ་སྲོག་གི་རེ་བ་བསྐུལ་འོངས་བས་སོ།

四　季

春天来到小镇。那个晚归的女孩
无论她是否怀着一个小秘密
或者温湿的嘴唇上
尚带着绿草的芬芳的气息。你必须
亲近她，设法理解她为什么那么羞怯

之后是夏天，闷热而骚乱
中午十二点左右，会有打扮入时的女人
陪伴你度过寂寞时光。下午三时
当阳光步上台阶，独生者将会
清楚地想起一段陈旧的姻缘

秋天总是催人衰老！中年男人
从公园的长椅上木然站起
落叶：高处的欲望归于地面
啊，感受过的痛苦无法表达
啊，倾诉过的誓词恍若神谕

寒冷突临，迫使情爱趋向暗处
而被埋葬了的，将酝酿来年的萌发
终于有人说出：

“爱过，恨过，生殖过，
我已完善了我自己。”

དུས་བཞི།

དབྱར་གྱི་དགའ་སྟོན་གྲོང་རྫལ་ཆུང་ངུར་སླེབས་བྱུང་།
དགུང་མོ་དེར་ཕྱིར་ལོག་པའི་བུ་མོ་དེས།
རྫོད་དུ་མ་ཡལ་གསང་ཚིག་ཅིག་གམ།
ཡང་ན་སྐམ་དུ་མ་ཕྱིན་པའི་མཆུ་སྦྱོར་ཅིག
དབུགས་ཀྱི་རྒྱུ་ཕྱོགས་མི་འདྲ་བ་དང་འགྲོགས་ཏེ།
ཁོ་མོའི་ལུས་སེམས་ཧྲིལ་བོར་ཁྱབས།
ཁོ་མོའི་གམ་དུ་བཅར་ནས།
དེ་ལྟར་སྐྱེངས་དོན་ཤེས་སུ་འཇུག་དགོས།
ད་ནི་ཟང་ཟིང་གི་དབྱར་དུས་ལ་སླེབས་བྱུང་།
ཉིན་གུང་དུས་ཚོད་བཅུ་གཉིས་ཡས་མས་སུ།
ལུས་ལ་མཆོར་རྒྱན་སྤྲོས་པའི་བུ་མོ་དེས།
ཁྱོད་དང་འགྲོགས་ཏེ་ཉིན་གུང་འདི་སྐྱེལ་ངེས།
དགུང་ཕྱི་རྫོའི་ཉི་འོད་ཚང་ལ་ནུབ་ཉེ་དུས།
ཁེར་རྐྱང་དག་དྲན་གདུང་གི་ཕྱིར་དྲན་གྱི་གློང་དུ་ལྷུང་།

她

活是多么美丽
早年，她是水手、海盗和绿林好汉的女儿
后来，她给一个男人写信，告诉他：
“我想跟你一起生活，生出一群孩子。”

上周星期六，我在电影上遇到她，看到
她的泪凝结为珍珠，她的手按住痛苦的树藤
那些长相各异但神情一律阴郁而孤寂的青年
以她儿女的身份陆续住进她的家里

当爱情成为链条，时间成为铃铛，欲望成为踏板
她就成为情欲号的航母，被狗仔队开进了新闻界
她生活过的城市，也像一艘巨大的豪华游轮
驶向她少女时代梦牵魂萦的彼岸

ཁོ་མོ།

འཚོ་བ་ནི་ དེ་འདྲའི་མཛེས་ཤིང་སྡུག་པ་ལའང་།

ལོ་ཆུང་དུས་ཁོ་མོ་ནི།

ཆུ་བ་དེ་ནས་མཚོ་ཧྲག

རི་བཟུང་དཔའ་བོའི་བུ་མོ་བྱེད་སྐྱོང་།

རྗེས་སུ་ཁོ་མོས་བུ་ཆུང་ཞིག་ལ།

ང་རང་ཁྱོད་དང་འགྲོག་ཏེ་བྱིས་པ་མང་པོ་ཅིག་སྐྱེ་འདོད་ཅེས་འཕྲིན་ཡིག་སྤྲིངས།

རེས་གཟའ་སྤོན་མའི་གཟའ་སྤེན་པའི་ཉིན།

ང་རང་གློག་བརྙན་ཁང་དུ་ཁོ་མོར་འཕྲད།

ཁོ་མོའི་མཆི་མ་མུ་ཏིག་ལྟར་འདྲིལ་ཅིང་།

ན་ཟུག་གི་རྨ་ཁ་ལག་པས་སྐྱོར་བཞིན་པ་མཐོང་།

སྐྱེ་གཟུགས་མི་འདྲ་ཤིང་ཁེར་རྐྱང་དུ་སྡོད་པའི་གསར་བུ་དག

ཁོ་མོའི་ཁྱིམ་མིར་བརྩུས་ཏེ་རེ་རེ་བཞིན་ཁོ་མོའི་ཁྱིམ་དུ་འཚང་།

བརྩེ་དུང་གི་མདུད་པ། དུས་ཚོད་ཀྱི་རྩིང་བརྡ། ཆགས་ཞེན་གྱི་འཁྲི་ཤིང་།

ཁོ་མོའི་བརྩེ་ཞེན་གྱི་འབོད་བརྡ་ཡངས་པའི་ས་ཁྱོན་དུ་ཁྱབ་ཅིང་།

ཁོ་མོ་བསྡད་སྐྱོང་བའི་གྲོང་ཁྱེར་ཡང་ཐོག་ཏུ་ལྡིད་པའི་གྲི་གཟིངས་ཞིག་དང་འདྲ་བར།

ཁོ་མོས་ཆུང་དུས་ཀྱི་ཕུགས་བསམ་འཚོལ་སའི་མཚོ་འགྲམ་དུ་སླེབས།

另一个女人

在甘南草原生活得久了，就能感觉到：

你深爱着的某个女人，其实是另一个女人

那个女人更美丽，更遥远，更模糊

打个比方吧，如果说你爱的是眼前的月亮
其实错了，你爱的是月亮背后的那个太阳

实际上，你真正爱的那个女人
你不知道她究竟在何方
你陪着的女人，像太阳或者月亮那样
每天都会升起，落下，始终出现在你身边
你就是能感觉到她，却始终抓不到她

少部分人，意识不到这一点，他们盲目地
守着一个人过日子，让感情越来越淡
淡得连嚎啕大哭的心情都没了。大部分人
下意识地寻找，在这人身边逗留
在那人身上摸索，最后，还是失望地离开了

我赶着一群羊，时常独坐在山冈上
想到自己的找寻过程，就觉得懊丧又无奈
我走过去抱住一只羊，把眼泪擦在它身上
此时此刻，这只羊，似乎就是我的那个她
但我心里明白，这也仅仅是暂时的替代而已

བུ་མོ་གཞན་ཞིག

ཀན་ལྷོའི་རྩྭ་ཐང་དུ་ཡུན་རིང་བསྡད་ན།
ཁྱོད་རང་ཞེ་འདྲང་ཆེ་བའི་བུ་མོ་དེ།
བུ་མོ་གཞན་ཞིག་སྟེ།
ཁོ་མོ་ནི་ཧ་ཅང་མཛེས་ལ།
ཧ་ཅང་རྒྱང་རིང་།
མིག་མིག་ཏུ་སྣང་བའི་ཚོར་བ་འབྱུང་།
དཔེ་ཞིག་བཞག་ན། གལ་ཏེ་ཁྱོད་ནི་མཐོང་སྣང་གི་ཟླ་བ་ལ་དྭངས་བ་ཡིན་ན།
དེ་ནི་འཆུག་སོང་བ་སྟེ། ཁྱོད་དྭངས་བ་ནི་ཟླ་བར་ཡིབ་པའི་ཁྲི་གདུགས་ཉི་མ་དེ་འོ།
དོན་དངོས་སུ། ཁྱོད་རང་སེམས་ནས་དགའ་བའི་བུ་མོ་དེ།
གང་དུ་ཡོད་པ་ཁྱོད་ཀྱིས་ཀྱང་མི་ཤེས།
ཁྱོད་རང་འཁྲོག་པའི་བུ་མོ་དེ།
ཉི་མ་དང་ཡང་ན་ཟླ་བ་བཞིན།
ནམ་རྒྱུན་ཡར་ལ་འཕགས།
ཚང་དུ་ནུབ།
ནམ་ཡང་ཁྱོད་ཀྱི་མཁྲིས་སུ་གནས།
ཁྱོད་ཀྱིས་ཁོ་མོ་མཐོང་ནའང་ནམ་ཡང་ཁོ་མོ་རྟོགས་མ་ཐུབ།
མི་ལ་ཤས་ཀྱིས་དེ་མ་རྟོགས་པར།
ཤེས་མེད་ངང་ཁེར་རྐྱང་དུ་འཚོ།
ཁུར་དུ་ལྡིད་པའི་སྲུན་སྣང་ཁྲིད།
ང་ངག་གི་མིག་ཆུ་ཙམ་ཡང་འདོན་ཐབས་དབེན།
མི་མང་ཤོས་ཀྱིས་བློ་ཐག་ཐད་ཆོད་ཀྱིས།

འདི་དང་སྟོད་ཐབས།
གན་གྱི་ཚོད་བསྒམ་ལ་བལྟ།
མཇུག་མཐར་ཡིད་ཚད་དང་བཅས་ཁ་གྱེས་འགྲོ།
ཉིན་རྒྱུན་ལུག་ཕྲུ་ཛ་འགོར་དེད་དེ།
ཁེར་རྐྱང་དུ་སྡོད་དུས།
འཚོལ་ཞིབ་ཀྱི་བརྒྱུད་རིམ་ཡིད་ལ་ཤར་ཐེངས་རེར།
ཡིད་ཚད་ཀྱང་ཐབས་སུ་སྡུག
ལུ་གུ་གཅིག་བཟུང་ནས་པང་དུ་བླངས་པ་ན།
མིག་ཆུ་ཁྲིམ་ཁྲིམ་སྙིང་དུ་བཞུར།
སྐབས་དེར་ལུ་གུ་དེ་ཕོ་བོའི་སེམས་ཀྱི་ཕོ་མོར་འཕྲུལ།
ཡིན་ཡང་སེམས་སུ།
འདི་དག་གནས་སྐབས་ཀྱི་ཚབ་མཚོན་ཙམ་དུ་ཟད་པ་གསལ་པོར་རྟོགས།

星辰之下

星辰之下，流淌的爱情河幻化出乳汁

乳汁盛在碗里，洒出的那一滴，幻化出乳房

乳房在野外隆起，幻化出山丘

山丘安安静静的，幻化出坟堆

坟堆横陈在大地上，幻化出天上的星星

而群星，幻化出围棋，围棋又幻化出敌我

敌我幻化出仇恨，仇恨沉淀下来，成为河底的泥沙

但如果换个角度，比方站在红尘的情欲之间
就会发现一切又不一样了——

情欲产生泥沙，甚至没有了泥，只剩下沙
这沙不会轻易沉淀下来，化为风，吹向沙漠深处
情敌处处暗藏，置身闹市，不动声色
有人也在璀璨星光下博弈
刀光剑影里，产生了那么多的坟堆
坟堆又使山丘隆起，一个女人抱着儿子
挺着乳房站在山丘上，她的乳汁
渗透了衬衫，她的丈夫远在爱情河以西

སྐར་ཚོགས་འོག་ཏུ།

སྐར་ཚོགས་ཀྱི་འོག་ཏུ།
བརྩེ་དུང་གི་ཆུ་མོ་འོ་མ་རུ་བཞུར།
འོ་མ་དཀར་ཡོལ་གང་བླུགས།
ས་ལ་འཐོར་བའི་ཐིགས་པ།
རྒྱས་པའི་རྒྱོས་བུམ་དུ་གྱུར་སོང་།

སྨྱུས་བུམ་དེ་རྗེན་པར་མཇོན་ནས་དེའུ་འབུར་དུ་མཐོང་།
དེའུ་འབུར་དེ་ཁུ་སིམ་མེར་འདུག་པའི་དུར་ཕུང་དུ་མཐོང་།
དུར་ཕུང་དེ་ས་ཆེན་སྙིང་སྐར་ཚོགས་སུ་མཐོང་།
སྐར་ཚོགས་དེ་མིག་མངས་སུ་མཐོང་།
མིག་མངས་དེ་ཡང་རང་དང་དགྲ་བོ་གཉིས་སུ་མཐོང་།
རང་དང་དགྲ་བོ་དེ་ཞེ་འཁོན་དུ་མཐོང་སྟེ།
ཞེ་འཁོན་དེ་ད་གཟོད་མཚོ་ཞབས་ཀྱི་ཕྱེ་ཟགས་སུ་གྱུར།
གལ་ཏེ་ཟུར་ངོས་གཞན་ཞིག་སྟེ།
འཁོར་བའི་འདོད་ཞེན་གྱི་ཕྱོགས་ནས་བལྟས་ན།
ཚང་མ་མི་འདྲ་བ་ཞིག་ཏུ་མཐོང་འོང་།
འདོད་ཞེན་གྱི་ཕྱེ་ཟགས།
ཟགས་མ་ལས་ཕྱེ་འདམ་མེད་ཀྱང་།
ཟགས་མ་གཏིང་དུ་ནུབ་ཏེ་ལྟུང་དུ་མི་རྒྱུ་ལ།
ཕྱེ་ཐང་དུའང་འཁྱུར་མི་སྲིད།
བརྩེ་དུང་གི་དགྲ་བོ་ཕག་ཏུ་ཡིབ་ཅིང་།
ཕག་ཏུ་བར་ཆད་མང་དུ་བཟོ་ངེས།
འོད་དུ་མཆེར་བའི་སྐར་ངོགས་སུ་ལ་ལ་ཞིག་མིག་མངས་ལ་རོལ།
རལ་གྲིའི་གྲིབ་གཟུགས་སུ་དུར་ཕུང་དེ་དག

她们只有空空的寂寞

土壤慢慢潮湿，河水渐渐骚动
像春天正在到来的样子
但她们的牛角梳子还放在高低柜上
珊瑚仍然搁在盒子里

院子里的草，从水泥板的缝隙里探出头颅
墙缝里的板板虫，也偶尔出现在阳光下
但她们的眼光不会留在生活的细节里
她们熟视无睹，一副心不在焉的样子

何况她们的电视剧正在准时播出
她们的孩子在打架斗殴过程中
已长成真实而陌生的成熟男子

只有空空的寂寞，棉絮一样塞在她们的心里
有时她们会关上门，暗暗地啜泣。不过
只要走在街上，她们还像处在恋爱中的妇女

ཁོ་མོ་ཚོར་ཁེར་རྐྱང་གི་གདུང་བ་ལས་མེད།

ཞིང་ས་ཡུན་གྱིས་བརླན་པར་གྱུར་ལ།
གཙང་ཆུ་ཡུན་གྱིས་འགྲུལ་བར་གྱུར།
དཔྱིད་ཀྱི་བདག་མོ་སླེབས་བྱུང་བའི་རྣམ་པ་མངོན་འདུག
འོན་ཀྱང་ཁོ་མོའི་གླང་རྟའི་སྐྲ་ཤད་མཐོ་སྒྲོམ་སྟེང་བཞག་འདུག
སྨུ་རིག་ཀྱང་སྣམ་དུ་འོད་ལམ་ལམ་དུ་འཕྲོ།
ར་བའི་ནང་གི་རྩྭས་སྲབ་བར་ནས་མགོ་བོ་དགྱེས་བྱུང་།
ཀྱང་སྲབ་ཀྱི་འབུ་སྲིན་ཡང་ལན་རེར་ཉི་མར་ལྡེ་བར་ཐོན་ཡོང་།
འོན་ཀྱང་ཁོ་མོ་ཚོའི་མིག་དམངས་འཚོ་བའི་ཞིབ་ཆ་ལ་མ་འཁོར་བར།
ང་རྒྱལ་དང་བཅས་གཅིག་ཀྱང་མིག་ལམ་དུ་མི་འཛོག
ཁོ་མོ་ཚོའི་སྨུ་འབྲེལ་བརྙན་འཕྲིན་དུས་ལྟར་གཏོང་འགོ་བཙམས།
ཁོ་མོ་ཚོའི་བྱིས་པ་དམར་འཛིང་ཁྲོད་དུ།
མཚར་ལོངས་བྱུང་ཞིང་གཉོམ་ལག་རྒྱས་པའི་གསར་བུར་གྱུར་ཡོད།
ཁེར་རྐྱང་གི་གདུང་བ་ཁོ་ན་ལས་ཁོ་མོ་ཚོའི་སེམས་སུ་མི་འདུག
སྐབས་ལན་རེར་ཁོ་མོ་ཚོས་སྒོ་གཏན་ནས་ཁྱིམ་དུ་ཉུ་བར་བྱེད།
ཡིན་ཡང་སྲང་ལམ་དུ་ཁོ་མོ་ཚོས་འཛའ་མཐུན་སྒྲིག་བཞིན་པའི་གཞོན་ནུ་མར་བརྫུ་ནས་འགྲོ།

脆弱的玻璃

雷霆是否要打开乐园之门?
当你读到“杂草深处的蛇”，阴谋便抬起头来
这是迷醉的时刻，两片孤独之叶相遇
被爱情捆缚着的男女，看见狂风推开窗户
那暴雨捶打玻璃。哦，脆弱的玻璃

被暗示的雨，被暗示的话题
肉体在迷乱中要萌芽，要开花，要呼喊
哦，孤独的小鸟找到巢穴
哦，欲望的咖啡，放荡的血
哦，你的不可饶恕的行为

雷霆讲述了情节，那惶恐离我们多么近
如果躺着，就会看到我们生存的情形:
盲目，困惑，百无聊赖
被莫名的烦闷束着双手，守候着
苦痛:情欲之手也搬不动的大海

ཉམ་ཐག་པའི་ཞེལ་སྒོ།

འབྲུག་སྒྲས་ལི་ཡོན་གྱི་སྒོ་མོ་འབྱེད་ཨེ་ནུས་སམ།
ཁྱེད་ཀྱིས་རྩ་ཐུང་ཁྲོད་ཀྱི་དུག་སྦྲུལ་ཞེས་པ་དེ་སློག་དུས།
གཡོ་རྫུས་ཀྱི་མགོ་བོ་ནི་མཐོ་རུ་ཐུང་།
དེ་ནི་སྨྱོས་པས་བཟི་བའི་དུས་སྐབས་ཤིག་སྟེ།
ཁེར་རྐྱང་གི་སྟོང་ལོ་གཉིས་ལྷན་དུ་འདུས་བྱུང་།
བརྩེ་བའི་གཟུངས་ཐག་གིས་དམ་དུ་བཅིངས་པའི་ཕོ་མོ་ཟུང་གིས།
དྲག་རླུང་གིས་སྣེའུ་ཁྲུང་ཤེད་ཀྱིས་ཕྱེ་པ་ན།
དྲག་ཆར་གྱིས་ཤེལ་གོ་ངོས་ལ་བར་མེད་དུ་བརྡུངས་པ་མཐོང་།
ཨ་ཧོ། ཉམ་ཐག་པའི་ཤེལ་སྒོ།
གསང་བརྡ་བྱེད་མཁན་གྱི་ཆར་པ་དེ།
གསང་བརྡ་གཏོང་མཁན་གྱི་བརྗོད་བྱ་དེ།
ལུས་ཐུང་ནི་ཚོར་བ་རབ་རིབ་ཁྲོད་ནས།
སྨྱུ་གུ་འབུས་ཤིང་མེ་ཏོག་བཞད།
ད་དུང་གི་འཐོད་བྱེད།
ཨོ། ཁེར་རྐྱང་གི་བྱེའུ་ཕྲུག་དེས་ཚང་མལ་རྙེད་བྱུང་།
ཨོ། འདོད་སྲེད་ཀྱི་ཚིག་ཛ། རང་དབང་གི་ཁྲག་རྒྱུན།
ཨོ། གུ་ཡངས་སུ་གཏོང་མི་ནུང་བའི་ཁྲོད་ཀྱི་བྱ་སྤྱོད།
འབྲུག་སྒྲས་བྱུང་རིམ་བརྗོད་པས།
འཇིགས་སྐྲག་དེ་ང་ཚོ་དང་ཐག་ཇི་འདྲའི་ཉེའང་།
གལ་སྲིད་གན་རྐྱལ་དུ་ལོག་ཚེ་
ང་ཚོས་རང་ཉིད་ཀྱི་

འཚོ་བའི་རྣམ་པ་མཐོང་ཐུབ་སྐྱེ།
མགོ་བོ་རྫོངས་པ། ཅི་བྱ་གཏོལ་བྲལ། མདོ་མེད་ལང་ཤོར།
དོན་མེད་ཀྱི་སུན་སྣང་ཞིག་གིས།
ངའི་ལག་ཟུང་དམ་དུ་བསྣམས་བྱུང་།
ངང་སྒུག
སྡུག་བསྔལ་རེད་ཨང་།
འདོད་ཞེན་གྱི་ལག་པས་མཐའ་ཡས་རྒྱ་མཚོ་སྒུལ་མི་ནུས།

叙 述

捕捉到宁静往昔的人
把心事放出羊圈
他比想象更多出一对沉重翅膀

夜在眼里投下黑影
秘密浮现
被珍藏的女人跨出尘封的门槛

一根叙述的舌头
想紧紧抓住瞬间

我说的是暮色下的一间房子

居住在里头的人
已经离去

我重温的是一场私情
曾被时间之水
慢慢稀释

ཞིབ་བརྗོད།

ཁྱུ་སེམ་མེར་སྤྱོད་པའི་གནའ་འགྲོགས་དེ་འཚོལ་ན།
སེམས་དོན་ཡོད་ཚད་ཕྱི་ལ་བཤད་དགོས།
ཁོའི་སེམས་སུ་གཞོག་ཟུང་ལྗིད་མོ་ཐེག་ཡོད་པའི་བསམ་པ་བྱུང་།
མཚན་སྨུག་གིས་ཡོངས་སུ་སྒྲིབ་ཡོད།
གསང་བ་དེ།
སེམས་སུ་ཞར་བའི་བུ་མོ་བརྒྱུད་པའི་སྒོ་གླེགས་སུ་ཞོར་བར་གྱུར།
ཞིབ་བརྗོད་ཀྱི་སྨྲ་ལྗེས།
དུས་ཡུན་ཐུང་ངུ་ཞིག་ཏུ་བརྗོད་ཚར།
ཁོ་བོས་བརྗོད་འདོད་པ་ནི།
སྔུན་ནག་ཁང་བ་ཞིག་ཏུ་བསྡད་པའི་མི་དེ་ཚེ་ལས་འདས་པ་ཡིན།
ཁོ་བོས་ཡང་བསྐྱར་བསམ་པ་ནི་སྒེར་གྱི་བརྩེ་བར་ལགས།
དུས་ཀྱི་ཆུ་བོས་སྤར་ནས་གཞུང་དུ་ཁྱུར་སོང་།

女　神

中午的宁静是多么诱人
我崇拜中午的女神
她在宁静里解去衣衫
她的洁净肉体使我显得平庸

这该是交谈的时候
美人闪现，一袭轻衫
这该是交谈的时候
但我遁形，在一块界石后面

我走出断崖的夹缝
开口说话。我听到回声：
一切爱，或者被恨斩断
或者被恨紧紧相连

ལྷ་མོ།

ཉིན་གོང་གི་ལྷིང་འཇགས་ནི་ཇི་འདྲའི་ཡིད་སེམས་འགུག་པ་ཅིག་རེད་ཨང་།
ཁོ་བོ་ཉིན་གོང་གི་ལྷ་མོ་ལ་དད་གུས་འཚོར།
ཁོ་མོས་ལྷིང་འཇགས་སུ་གྱོན་པ་ཕུད་དེ།
ཁོ་མོའི་འཇམ་དཀར་གྱི་ལུས་པོ་རྗེན་པར་ཁོ་བོར་བསྟན་སོང་།
ད་ནི་སྐྱོད་ནས་མོལ་བའི་དུས་སུ་འདུག
ལྷ་མོས་གོས་སྲབ་གྱོན་ནས་ཐོན་བྱུང་།
ད་ནི་སྐྱོད་ནས་མོལ་བའི་དུས་སུ་འདུག
འོན་ཀྱང་ཁོ་བོ་ཕ་རོལ་དུ་ཡིབ་ནས་སྡོད་དགོས་བྱུང་།
ཁོ་བོ་གཡང་རོང་གི་འགག་ལས་བརྒལ་ནས་འོང་།
ཁོ་བོས་ཐོས་འོང་བ་ནི།
བརྩེ་བ་ཡོད་ཚད་ཞི་སྟང་གིས་ཉམས་པར་བྱས་ལ།
ཡང་ན་ཞི་སྟང་དང་དམ་དུ་འབྲེལ་ཡོད་ཅེས་པའོ།

甘南情歌

1

凌晨放马，

露里牧羊。

阿姐央宗，
在我家乡。

2
群羊好牧，
我是人群里的好男儿。
独羊难放，
你是沙棘丛里野菊花。

3
你有八哥的嘴，
我有拦路的绳。
没有前世的姻缘，
谁愿意缠着你呢！

4
舍了性命，过碌曲。
舍了亲人，走玛曲。
碌曲不见你呀，
玛曲遇见刀子。

5
有人看你，看身段，
只我找你，拿心换。

会相马的，看了脚力，
会相人的，见了你面。

6
花木全靠雨水，
开了！
男人端起酒杯，
醉了！

7
树直了，
影子就会端。
人直了，
难见你的面。

8
高山顶上，
起了黑云。
雷声过后，
你来不来。

9
高僧吃透了经典，
牧人看惯了天时。

我不知你的想法，
只好跟随了老马。

10
崖崩了，石还在。
心碎了，你不来。
我在青石上，磨利刃，
你在人群里，垂着眉。

11
月晕后的西北风，
笑脸后的冰窟窿。
你若喜欢我，就抹下面具。
你若嫌弃我，就转身走人。

12
我不怕人前的狐狸，
只怕那人后的豺狼。
我不怕姑娘的脸色，
只怕她蜂蜜的承诺。

13
寺院里求的是清净，
屋檐下求的是安乐。

我若是绿色的草原，
你千万别学那霜雪。

14
进了山林，是打柴的地方。
过了五月，是学牧的时候。
找你要瞅好时机哪，
不然你就跟了别人。

15
生奶做的茶，坏了。
生手放的羊，散了。
我是觅食的雄鹰，
找不到你藏身的洞了。

16
雹子落到川里，
寒霜降到山湾。
见不到你的日子，
置我在爱的深渊。

17
夜里看色，色不全。
心里想你，你未还。

霜冷了黄河，
冰冻了山川。

18
霜前，冷的是你，
雪后，寒的是我。
我不怕黑云满天，
就怕你彤云一片。

19
深更半夜，喜鹊叫：
——来了，来了！
来的不是你，
房子抖了抖。

20
细草呢，叫羊吃了，
长得一身茸毛。
贞操呢，叫你学了，
落得死活不从。

21
娇养的马，
没脚力。

娇养的我，
没睡你的本事。

22
善良的小鸟，
最怕鹞鹰的袭击。
多情的姑娘，
最怕浪子的蜜语。

23
雪山融水千百条，
汇到一河里。
你我同饮黄河水，
应是一条心。

24
你是咬人的毒蛇，
却是医我的良方。
纵使煤炭被人洗白，
也在拴马在你帐外。

25
羚羊喜欢群居，
男人怎能无妻。

你嫁给我算了，
省得去独守日子。

26
木柱支起帐篷，
陪你过起日子。
缸里打酥油，
夜里搂着你。

27
美人央宗啦，
终究陪了我。
翡翠一盘，
珊瑚一串。

28
东边彩虹，是个阴雨天，
西边彩虹，是个艳阳天。
你在南边出现，
阿妈，快给我雕花宝鞍！

29
蚂蚁运蛋，
上了高山。

洪水带恨，
到了草原。

30
少给牛羊一口草，
来年欠我一茬毛。
少给你一个眼色，
你三年不理我了。

31
远行人，骑一匹好马，
归来者，有一个良伴。
我生来是你的马，
你却不是我的伴。

32
骑出来的，是马，
学出来的，是人。
情人难做，
骑马走人。

33
咬人的毒蛇，
躲在阴暗的地方。

恨我的央宗，
睡在别人的帐房。

34
帐篷外的一双马靴，
你有了别的人了。
昨晚上的甜言蜜语，
你直接把我哄了。

35
蛇走的路，
只有蛇自己知道。
我走的路，
只有你才会明白。

36
看看那高低起伏的石山，
不因权贵的好恶而改变。
看看我俩七八年的爱情，
只几句玩笑就断了琴弦。

ཀུན་ལྷོའི་བརྩེ་གཞས།

༡

ཧ་ཝེ་ཞོགས་པར་བསྐྱོད་ནས་ཡོད།།
ལུག་ཁྲུ་སྤྲིན་དང་འདྲེས་ནས་ཡོད།།
སེམས་ཀྱི་ཨ་ཅེ་དབྱངས་འཛོམས་དེ།།
ཕོ་བོའི་ཡུལ་དུ་ལུས་ནས་ཡོད།།

༢

ལུག་ཁྲུ་ཧྲི་བོར་འཚོ་བའི་ང་།
མི་ཚོགས་གྲབ་ཏུ་ཕོ་རབ་ཡིན།
མི་རྒྱུང་ཧྲི་བོ་བྱེད་དཀའ་ཡང་།
ནགས་གསེབ་ཁྲོད་དུ་མེ་ཏོག་ཡོད།

༣

ཁྱོད་ནི་ཁ་བདེའི་ནེ་ཙོ་ཡིན།
སྒྲོག་སྐུད་ཁྱེད་གཅིག་བཏག་སྲིད་ཀྱང་།
སྔོན་ཚེའི་ལས་འབྲས་མེད་པ་ན།
སྐུད་པ་ཡོད་ཀྱང་ཕན་ཅི་སྲིད།

༤

སྒྲོག་ལ་མ་འཛོམ་གླུ་ཚུར་བརྒྱལ།།
གཉེན་ལ་མ་བསམ་རྨ་ཚུར་རྒྱལ།།

གླུ་ཚུར་ཁྱོད་དང་མ་འཕྲད་པས།།
ཟླ་ཚུར་གཤེན་མས་མཚོན་གྱིས་བསྣུན།།

༥

གཟུགས་ལ་ཆགས་པ་སྐྱེས་པའི་གཤེས།།
སེམས་མཐུན་འཚོལ་བ་ཕོ་བོའི་གཤེས།།
རྟ་ཡི་བཟང་ངན་རྒྱུགས་ན་ཤེས།།
མི་ཡི་བཟང་ངན་འགྲོག་ན་ཤེས།།

༦

རྩི་ཤིང་ཆར་ཆུ་འཛོམས་པས་སྐྱེ།།
བུ་ཆུང་ཆང་ཕོར་བརྟེགས་པས་བཟི།

༧

སྡོང་པོ་དྲང་མོར་སྐྱེས་གྱུར་པས།
གཟུགས་བརྙན་ཧ་ཅང་ཐུང་ངུར་འཆར།།
མི་ཡི་གཟུགས་ནི་རིང་དྲགས་པས།།
ཞལ་རས་མཐོང་བ་དཀའ་ནས་གདའ།།

༨

རི་རྒྱལ་ལྷུན་པོའི་དབུ་རྩེ་རུ།།
སྨུག་སྤྲིན་ནག་པོ་དལ་གྱིས་འཁྲུད།།
ཆར་སློག་དྲག་པོ་འཁྲུག་ནས་ནི།།
ཁྱོད་རང་ཡོང་བ་ཚོར་མ་བྱུང་།།

༩

བཙུན་པས་གསུང་རབ་རྟོགས་པར་གྱུར།།
རྗེ་བོས་གནམ་གཞིས་ཁོང་དུ་ཆུབ།།
ཁོ་བོས་ཁྱོད་ཐུགས་མ་རྟོགས་པས།།
གྲོགས་མཆོག་ཁྱོད་རྗེས་འབྲང་དགོས་བྱུང་།།

༡༠

ས་དང་རྡོ་ནི་ཁ་ཁ་ཡིན།།
སེམས་དང་ལུས་པོ་སོ་སོ་ཡིན།།
ངས་ནི་སློ་གྲི་གཡུ་རྡོར་བརྡར།།
ཁྱོད་ནི་གྲོང་ན་འགོ་བོ་སྨད།།

༡༡

སྲིད་ལ་ལྷུང་བའི་ནུབ་རླུང་དེ།།
འཛུམ་ཞལ་གྲོལ་བའི་གྲོགས་ཏུ་གྱུར།།
དུང་བ་ཁོ་བོར་ཡོད་གྱུར་ན།།
རྒས་མའི་གདོང་འབག་རིང་དུ་དོར།།
ཞེན་པ་ཁོ་བོར་ལོག་གྱུར་ན།།
ཕྱིར་འཁོར་མ་བྱེད་རིང་དུ་གྱེས།།

༡༢

ལྷ་མོར་རྒས་པ་མི་འཇིགས་ཏེ།།
མི་སེམས་འཕར་སྐྱུང་ལོག་ལ་འཇིགས།།
མི་འཇིགས་བུ་མོའི་ཞལ་རས་མདངས།།
འཇིགས་པ་ཕོ་མོའི་དམ་བཅའ་སྟོང་།།

༡༣

འདུ་འཛི་སྤྱོངས་ལ་དབེན་གནས་དགོན།།
རང་སེམས་རྡོན་མོ་ཁྱིམ་དུ་སྐྱིད།།
ངའི་སེམས་སྤྱང་ལྗོངས་འདྲ་བོ་ལ།།
སད་སེར་བ་མོས་མ་འཛོམས་རོགས།།

༡༤

འཐུད་ཤིང་ནགས་སུ་འཐུ་བར་རིགས།།
འཚོ་སྐྱོང་སྟོན་ཐབ་ཟླ་བར་འོས།།
དུས་དང་བསྟུན་ཤེས་མ་རྟོགས་པས།།
ཁྱོད་དང་འཕྲད་རྒྱུར་རིང་ནས་དབེན།།

༡༥

འོ་ཇ་མངར་མོ་རུལ་བར་གྱུར།།
གཡང་དཀར་ལུག་ཁྱུ་རྫ་ལ་འཐོར།།
ཤ་གཟན་སྤྱུག་ཆོད་ཁོ་བོས་ནི།།
ཁྱོད་རང་གཞའ་སའི་སྐྱིབས་ཏེ་འཚོལ།།

༡༦

སེར་བ་གཞོང་སའི་ཁྱུག་ཏུ་བབས།།
སད་སེར་རི་བོའི་སྙེད་དུ་ཆགས།།
ཁྱོད་རང་མ་མཐོང་ཉི་མཚན་དུ།།
ཁོ་བོའི་བརྩེ་བ་རབ་ཏུ་འབར།།

༢༧

མཚན་མོར་ཁ་དོག་རབ་རིབ་སྣང་།།
མ་མཐོང་ཁྱོད་རང་སེམས་སུ་དྲན།།
སད་སེར་བཞུ་ནས་ཆ་ཆུར་འདྲེས།།
ཁ་བས་རྟུལ་བརྩེགས་རི་གླུང་ཆགས།།

༢༨

བད་མ་ཚགས་ཁྱོད་ལུས་འདར་འདར།
ཁ་བ་བབས་རྗེས་ཁོ་བོ་འདར།
མི་འཛིགས་སྨུག་སྤྲིན་ཁེབས་ནས་འགྲོ།
འཛིགས་པ་སྨུག་སྤྲིན་འཐོར་འགྲོ་བསམ།

༢༩

སྐྱ་ག་མཚན་གུང་ཐུན་གསུམ་གྲགས།
ཐོན་བྱུང་ཐོན་བྱུང་ལན་གསུམ་གྲགས།
ཁྱོད་རང་མིན་པ་ཤེས་གྱུར་ནས།།
ཞེ་སེམས་སྡུག་པས་ཁེངས་པར་གྱུར།

༣༠

རྩ་ཐྲན་ལུག་ཁྱུས་གསོས་སུ་གྱུར།།
ལུས་ལ་བལ་གྱིས་ཁེབས་ནས་ཡོད།།
ལུས་བསྲུང་མཐའ་འཁྱོལ་བསླབ་པ་ན།
ཤི་ཡང་རང་ལུས་གཙང་མར་གཅེས།།

༣༡

རྟ་ཕོ་འདུལ་ལ་མ་མཁས་པས།།
གོམ་པ་མི་བདེ་འདུར་རྒྱུགས་མང་།།
གོམས་གཤིས་ལང་དུ་ཤོར་བའི་བདག
ཁྱོད་དང་འགྲོག་པའི་སྤོབས་པས་དབེན།།

༣༢

སྙིང་དུ་སྡུག་པའི་བྱཱུ་ཆུང་དེ།།
ཞུག་པ་དགྲ་བོས་ཀྲོལ་བར་སྐྲག
བུ་མོའི་བརྩེ་བ་སླད་མེད་པས།།
ཁྲམ་པའི་གཏམ་གྱིས་བསླུ་བར་སྐྲག

༣༣

ཆུ་འགོ་གཅིག་ལ་ཆུ་སྣ་སྟོང་།།
འབབ་ས་གཙང་པོ་གཅིག་ཏུ་ངེས།།
ཆུ་དེ་ཛ་ཆུ་ཏུབ་གང་གིས།།
ངེད་གཉིས་སེམས་པ་གཅིག་ཏུ་འདྲེས།།

༣༤

ཁྱོད་ནི་སྦྲུལ་ནག་ཞེ་སྡང་ཅན།།
ཕོ་བོར་ཕན་པའི་སྨན་དུ་ངེས།།
ལུས་ཀྱི་རྡུལ་ནག་ཡོངས་བཀྲུས་པས།།

༣༥

གཙོད་ཁྲུ་མཉམ་དུ་འཚོ་བར་དགའ།།

བཟའ་ཟླ་མེད་པའི་འཚོ་བ་སྐྱོ།།
ཁྱོད་རང་ཁེར་རྐྱང་སྡོད་པ་ལས།
ཁོ་བོའི་ཆུང་མར་བགྱིས་ན་ལེགས།

༣༦

གདུང་མས་སྦྲ་ནག་གུར་དུ་ཕབ།།
ནང་དུ་ཁྱོད་རང་སྐྱིད་ལ་རོལ།།
ཉི་དཀར་ཟོམ་དུ་འོ་མ་སྦྱུགས།
མཚན་མོ་ཁྱོད་ལ་འཁྱུད་ནས་ཉལ།།

༣༧

མཛེས་པའི་བུ་མོ་གཡངས་འཛོམས་ཀྱིས།།
ཁོ་བོར་འགྲོགས་པའི་དམ་བཅའ་ཕུལ།།
གཡུ་བྱུར་རྒྱན་གྱིས་བསུ་མ་ཡོད།

༣༨

ཤར་གྱི་འཇའ་ཚོན་ཆར་བའི་ལྟས།།
ནུབ་ཀྱི་འཇའ་ཚོན་ཐང་བའི་ལྟས།།
ཁྱོད་རང་ལྷོ་རུ་མཐོང་བྱུང་བས།།
རྟ་སྒ་བསྟད་ནས་ལམ་དུ་ཆས།།

༣༩

གྲོག་མས་གཟན་ཆས་རི་ལ་བསྐྱལ།།
ཆུ་མོ་ཤུགས་ཀྱིས་ཐུར་དུ་བྲུག

༡༠

ཕྱུག་ལ་རྫ་ཁ་མ་བྱས་པས།།
ཕྱི་མར་ལེ་ལན་འཁོར་བར་ངེས།།
ཁྱོད་ལ་འཛུམ་མདངས་མ་བསྟན་པས།།
ལོ་གསུམ་ཁོ་བོར་ཁ་མ་གྲགས།།

༡༡

རྟ་མཆོག་བཙིབས་ནས་རྒྱང་ལ་ཆས།།
གྲོགས་མཆོག་ཉིད་ཀྱིས་བསུ་མ་བྱས།།
ཁོ་རང་ཁྱོད་ཀྱི་བཙིབས་རྟ་མཆོག

༡༢

རྟ་ནི་ཞོན་ནས་འདུལ་བ་ཡིན།།
མིས་ནི་བསླབ་ཏེ་མཁས་པར་གྱུར།།
ཚེ་གཅིག་འགྲོགས་རོགས་མ་ཉན་པས།།
རྟ་ཕོར་བཙིབས་ནས་རྒྱང་ལ་བཞུད།།

༡༣

ཞེ་སྡང་དུག་གི་སྦྲུལ་ནག་ཁྱོད།།
སྐྱེབས་ས་སྨུན་པའི་ཕག་ཏུ་ངེས།།
ཁོ་བོར་སྡང་བའི་གཡང་འཛོམས་མོ།།
གནས་ཚང་གཞན་ལ་གཡར་ནས་འདུག

༡༤

སྒོ་ཁའི་འདུར་རྟ་ཡུ་རིང་ཁྱོད།།

བདག་པོ་གཞན་ཞིག་ཡོད་ནས་གདའ།།
མདངས་དགྱུང་ཁ་ཡག་ཚིག་འཛམ་དེ།།
ཁོ་བོ་བསླུ་བའི་གཏམ་དུ་ཟད།།

༣༥

སྦྲུལ་གྱིས་རང་ཉིད་གར་འགྲོ་དེ།།
རྟོགས་ནས་བགྲོད་པར་བྱ་བ་ཡིན།།
ཁོ་བོས་གར་བགྲོད་རང་གི་ལམ།།
མ་རྟོགས་ཁྱོད་ཀྱིས་ཤེས་གསལ་རེད།།

༣༦

མཛོ་དམའ་མི་སྙོམས་རི་བོའི་རྒྱུད།།
དབང་གྲགས་རྐྱེན་པས་ཆགས་པ་མིན།།
ཟུ་གཉིས་ལོ་བདུན་བརྩེ་བ་དེ།།
ཁ་ཚིག་བར་ནས་འབྲེལ་བ་ཆད།།

情爱志

1

女孩舔舐着她的嘴唇……

傻男孩，合页窗缝里的阳光分割着他的脸面。

床下的小老鼠溜出来，吱吱吱地吃尽了鲜美的奶酪。

2

绿沙发上的白猫昏昏欲睡。

绿沙发上的女子落落寡欢。

当她把手伸向花蕾般的乳房，她的情爱之树，就长向迷乱的天空。

3

少女静静地斜躺在铺着天鹅绒的床上，

裸露着天鹅般白净细嫩又圆润的肩部。

她尽量扭过头去，躲避着男人们审视的目光。

4

书卷里，白衣少年无法得到情爱的真相。

他只好坐在落满月色的湖边，

往湖心里，投掷那骚动不安的羞涩的石子。

5

悠长的等待之后，

没有结果的爱情，像鸟儿一样飞走了。

盒子里的珍珠，期待着被另一只手悄然打开。

6

白的女人，对抗着黑的男人。

寂寞对抗着无聊。

过于平静的午后，痛苦的折磨，使他们的肉体和灵魂，都得到了飞升。

7
默默相守的一男一女，
把头搁在对方的肩头。
柔软依偎的黑色秀发，像极了握手言和的劲敌。

8
婚前的男欢女爱，将婚姻一再推迟。
那个在伊甸园里偷食了禁果的女孩，
再也不愿意接受一枚戒指的约束了。

9
不愿和年轻女孩交往的男子，
和某个年老的女人，产生了感情。
这个被母亲宠大的孩子，顷刻间追回了忘却的记忆。

10
在藏地甘南的某处房间里，
对一个70后的女人，他充满了爱的渴求。
但她却看着窗外的景致：广大、宁静又世俗的黄昏。

11
一幅画：变形而夸张的女性的头部，

完全被剥夺了美的曲线。
这个可怜的女人，她只剩下寂寞的情爱了。

12
青春期的画家蒙克，让少女用手掌捂住她的双乳。
也许真的只有在画布上再现此情此景，
才能诞生永恒的艺术。

13
夏加尔神奇的想象力令人惊叹：
他抱着来自地狱的女人，
飞跃了城镇、村庄、原野，和那欲望的蒙昧的森林。

14
画出画架后的夕阳，
涂出她腋下暧昧的阴影。
画家啊，你爱上了美丽女模的沉睡。

15
一群女人在快乐地奔跑，
她们那健美的躯体冲破了衣物的束缚。
高原的蓝天静止了，高空的云朵，要比爱情轻盈多了。

16

原始部落里的女人，有的是丰乳肥臀，她们拼了命地繁殖。

但为了爱情，她们甚至割去自己的右乳，

以便弯弓射死丛林中的劲敌。

17

野蛮人汇集在丛林中的绿地，

他们在潮湿的南风里，阖上了漆黑的眼睛。

这些野蛮人，抚摸着爱的伴侣，比我们还要沉迷！

18

坚挺的乳房，柔软的腹部，

修长的十指抚摸着的丰腴的大腿。

然而她男人般的眼神，抑制了血管里蓬勃的情欲。

19

年老色衰的女人，

独自承担着人走楼空的痛苦。

想当年，这里是多么热闹，又是多么温情！

20

身披来自印度的红色薄纱的女人哪，

总会有骷髅般的男人，躲在黑暗的角落偷窥。

当你摘下可憎的面具，当你褪去缀满蕾丝花边的衣裤。

21

爱情何时才能免于恐怖的表达？

当女人之书出现在情欲的街头，

路过的猛士啊，你要停下你匆匆的脚步！

22

男子躲进橱柜，捂住了脸。

女人跑来找他：我们私奔吧？！

被曝光的婚外情，推搡着他们走到了十字路口。

23

理想中的爱人高贵又颓荡，

理想中的爱人掌管着兑换情爱的银行。

理想中的爱人一旦离开，激越的长河，就迷失了方向。

24

听说顾影自怜的冯小青，

死于流过明朝的如镜的河水。

她爱自己的容貌，胜过爱她的命运。

25

也许是在清末吧，

金兰会在广州出现，她们成双结对，情如夫妻。

在上海，在福建，她们誓不出嫁，过着暗流般的日子。

26

文艺复兴的那个时代，乳房沦落为情欲的象征。

现在，演奏师抱起大提琴，

他有着浑圆臀部上悲伤的音符。

27

在中国，没有财产继承权的妾，

只能站在妻的阴影里。

但她，就是那个渴望以爱来降伏野兽的人。

28

打遍天下的英雄回到家里，

已经完全丧失了他的情欲。

壁炉中的火光，映照着他萎靡不振的头颅。

29

希腊的诸神，爱着性感的女子。

藏地的神灵，远离了苹果树下的长蛇。

大地之上，一半是月亮的生，一半是蝴蝶的死。

30

如果深陷悲苦的人类，能够被神灵拯救，

那么那些为神灵代言的天使身上，

定然会长着来自人间的情与爱的双翅。

ཁག་གཉིས་པ། བརྩེ་དུང་གི་གཏམ་རྒྱུད།

༡

མཁྱུར་ལ་སྐག་ཚོས་བྱུག་པའི་བུ་མོ།
སྤྲིན་ཕྲུག་དེས་སྔོའི་སྲིབ་བར་དུ་འཚེར་བའི་ཉི་འོད་གདོང་གིས་བཀག
མལ་ཁྲིའི་འོག་ཏུ་བྱི་ལ་ཆུང་ཆུང་གིས་ལྐོག་ལྐོག་སུད་སུད་དུ་ཟས་འཚོལ་བཞིན་འདུག

༢

འཐོལ་ཁྲིའི་སྟེང་གི་ཞི་ལ་ཡུན་གྱིས་གཉིད་དུ་ཡུར།
འཐོལ་ཁྲིའི་སྟེང་གི་བུ་མོ་སྨུག་གི་ཁུར་པོས་འགོ་བོ་ལྗིད།
ཁོ་མོའི་ལག་པ་མེ་ཏོག་གི་གང་བུའི་རྫོས་བུམ་ལ་སྦྱར་བ་ན།
ཁོ་མོའི་བརྩེ་དུང་གི་སྟོང་པོ་དབྱིངས་སུ་སྐྱེས།

༣

ན་ཆུང་མ་གཟིམས་ཁྲིའི་སྟེང་ཁ་སྤྱུབས་སུ་ལོག་ནས་འདུག
དཀར་ལ་སྨིན་པའི་ཁོ་མོའི་ལང་ཚོའི་དཔྱུང་བ་རྗེན་པར་འདུག
ཕར་ལ་འཁོར་ནས་གསར་བུ་དག་གིས་མིག་ལ་གཞའ་གང་ཐུབ་བགྱིས།

༤

བཤད་རྒྱུན་དུ་ཕོ་གོད་ལ་བརྩེ་དུང་གི་བདེན་པ་མི་ཐོབ་པར་བཤད།
ཁོ་པོ་ཟླ་འོད་ཡབ་པའི་མཚོ་འགྲམ་དུ་བསྡད་དེ།
སེམས་པ་སྨྱོ་ངན་གྱི་ཁྱུར་པོ་ཐེག་པར་མ་གྱུར་པར་འགྲམ་དུ་ལུས།

༥

ཡུན་རིང་ལ་སྐྱུག་རྗེས།
བརྩེ་དུང་གི་འབྲས་བུ་ཅེའུ་ཆུང་བཞིན་རྒྱང་ལ་འཕུར།
སྐམ་གྱི་རིན་པོ་ཆེར་ལག་པ་གཞན་ཞིག་བསྒྲིངས་ནས་ཡོད།

༦

མི་རྒྱུད་མི་གཅིག་པའི་ཕོ་མོ་གཉིས།
ཁྱུ་སིམ་མེར་ཡུན་རིང་ལ་ལུས་སོང་།
ཉིན་གཅིག་ཡང་རྗེས་ན་བྲུག་དང་བཅས་ལུས་སེམས་གཉིས་ཀ་ལྷུང་ལ་སྤྱུར།

༧

ཕོ་མོ་གཉིས་ཁྱུ་སིམ་མེར་མཉམ་དུ།
མགོ་བོ་སྤྱས་གཅིག་ལ་བཞག་ནས་བསྡད།
གནག་སྟུམ་གྱི་སྐྲ་ལོ་དེས་མགྲོན་བསུའི་སྐད་ཆ་ཤོད་པ་དང་གཉིས་སུ་མེད།

༨

ཁེར་རྐྱང་གི་ཕོ་མོ་གཉིས་ཀྱི་གཉེན་འདུན་རྗེས་སུ་ཤོལ།
མཐོ་རིས་ཀྱི་དགའ་ཚལ་དུ་ལུས་འབྲེལ་གྱི་སྨྱུ་གུ་འབུས་པའི་ན་ཆུང་མ་དེས།
སུ་ཞིག་ལའང་བརྩེ་དུང་གི་འདུན་མ་འབུལ་བར་མ་འདོད་དོ།

༩

ན་ཆུང་མ་ཚོར་དང་འབྲེལ་འདྲིས་བྱ་རྒྱུར་མི་དགའ་བའི་སྐྱེས་པ་ཞིག
གལ་སྲིད་ལོ་ན་མཐོ་བའི་རྒན་མོ་ཞིག་དང་བརྩེ་དུང་ཆགས་པ་ན།
ཨ་མས་གཅེས་ལངས་སུ་བཏང་བའི་བྱིས་པ་དེས་སྟོན་ཚད་ཀྱི་འདས་དོན་ཕྱིར་
དྲན་དག་དབང་མེད་དུ་ཡིད་ལ་ཤར་ངེས།

༡༠

ཀན་ལྷོའི་ཕྱོགས་ཀྱི་ཁང་པ་ཞིག་གི་ནང་དུ།
ཁོ་རང་ལོ་རབས་༧༠རྗེས་ཀྱི་བུ་མོ་ཞིག་ལ་དགའ་བའི་སྨྱུ་གུ་འབུས་ཡོད་མོད།
འོན་ཀྱང་ཁོ་མོས་སྐྱེའུ་ཁུང་ཕྱི་རོལ་གྱི་རྒྱ་ཆེ་བ་དང་ལྷིང་འཇགས་ཡིན་པའི་ས་
སྲོད་ཀྱི་མཛེས་ལྗོངས་ལ་ཅེར་ནས་ཡོད།

༡༡

རི་མོ་ཞིག་མི་མཛེས་པའམ་ཡང་ན་ཁྱད་བརྗོད་པའི་བུད་མེད་ཀྱི་འགོ་བོ་དང་འདྲ་
བར་མཛེས་པའི་བཀྲག་མདངས་ཡལ་འདུག
སྙིང་རྗེ་བའི་བུད་མེད་དེ་ལ་ཁེར་རྐྱང་གི་སྡུག་བསྔལ་ལས་གཞན་ཅི།

༡༢

དར་མའི་དུས་ཀྱི་རི་མོ་བ་མའི་ཁྲུས།
ན་ཆུང་མའི་ལག་པས་ཁོ་མོའི་རྨོས་བུམ་བྲུང་བཟུང་དུ་བཙུག་ཡོད།
དོན་ལ་ཡང་རི་མོ་མ་གཏོགས་མཛེས་ལྗོངས་དེ་འདྲ་ཞིག་མཐོང་དུ་དགོན་པས།
བརྟག་བརྟན་གྱི་སྒྱུ་རྩལ་ཡོད་པར་གྱུར་བ་རེད།

༡༣

ཞྭ་ཏྣ་འར་གྱི་བསམ་པའི་བཀོད་ཤུགས་ཀྱིས་མི་རྣམས་ངོ་མཚར་སྐྱེད་པར་བྱེད།
ཁོས་དམྱལ་བར་ལྷུང་བའི་བུ་མོ་ཅིག་པང་ནས།
གྲོང་དང་གྲོང་བརྡལ། གདོད་སྐྱེ། རྔོངས་པའི་ཆགས་ཞེན་གྱི་ནགས་ཚལ་བརྒྱལ་
དེ་འཕུར་ཡོད།

༡༤

ཉི་ནུབ་ཀྱི་མཛེས་ལྗོངས་པར་དུ་བྲིས་རྗེས།
ཁོ་མོའི་མི་གསལ་བའི་མདངས་ལ་གསལ་བར་བྱས།
རི་མོ་བ་ལགས། ཁྱོད་རང་གཉིད་དུ་ཡུར་བའི་མཛེས་མར་དགའ་ནས་ཡོད།

༡༥

ན་ཆུང་མ་དེ་ཚེ་སྤྲོ་དགའི་ངང་དུ་མདུན་དུ་མཆོང་།
ཁོ་མོ་ཚོའི་ལུས་པོས་ལྭ་བ་གཤགས་པར་བཏང་།
མཐོ་སྣང་གི་ཨ་སྔོན་དཔལ་འཛགས་སེར་འདུག་ལ།
སྤྲིན་དཀར་དེ་བརྩེ་བ་ལས་ཀྱང་ཡང་བར་འདུག

༡༦

གདོད་མའི་ཚེ་བའི་བུད་མེད་ཚོར།
འབུར་ཅིང་རྒྱས་པའི་ཐོས་བུམ་ཡོད།
ཁོ་མོ་ཚོར་རྒྱུད་སྤེལ་བའི་ལས་ལ་བྲེལ་ནས་ཡོད།
འོན་ཀྱང་བརྩེ་དུང་གི་ཆེད་དུ།
ཁོ་མོ་ཚོས་རང་ཉིད་ཀྱི་ཡོད་ཚད་འདོར་ཐོད།
དེ་ནི་མདའ་མོ་ཕར་སྤྲད་བཞིན་ཐེ་ཚོམ་ཅི་ཡང་མེད།

༡༧

དམུ་རྒོད་དག་ནགས་ལྗོང་དུ་འདས་ནས་ཡོད།
ཁོ་ཚོ་རྡུལ་འཚུབ་ཀྱི་ཁྲོད་ཁྲ་ཆིལ་ཆིལ་དུ་གྱུར་ནས་ཡོད།
དམུ་རྒོད་འདི་ཚོའི་བརྩེ་འདང་།
ང་ཚོ་ལས་ལྷག་ནས་གདའ།

༡༨

འབྱུར་བའི་སྨྱོས་བུམ།   མཉེན་པའི་སྐྱིད་པ།
ལག་ཟུང་རིང་པོས་མཚར་རྒྱུས་ཀྱི་རྐང་པར་སྤྱུག་བཞིན་བསྡད།
ཁོ་མོའི་མིག་མདངས་ལས་དྲགས་ཏུ་ལྷང་བའི་ཆགས་པ་འཕེལ་བར་མ་གྱུར།

༡༩

ལོ་ཀྲས་མདངས་ཉམས་ཀྱི་བུ་མོས།
ཁེར་རྐྱང་ངང་ན་ཟུག་གི་ཁུར་བོ་ཐེག་ནས་གདའ།
ལོ་དེའི་སྤྲོ་སེམས་དང་རྫོད་ཁོལ་སེམས་ལ་འཁོར་ནས་ཡོད།

༢༠

ལུས་ལ་རྒྱ་གར་ཐེར་མ་གྱོན་པའི་བུ་མོར།
ལུས་པོ་སྐམ་པའི་གསར་བུས་ལྐོག་ཏུ་འཚོས་ནས་ཡོད།
ཞེ་སྡང་གི་གདོང་འབག་དོར་ཅིང་།
མི་ཏོག་གིས་ཁྲ་བཏབ་པའི་གྱོན་པ་འདོར་བར་གྱིས།

༢༡

ནམ་ཞིག་ལ་བརྩེ་དུང་དེ་སྨྲ་བརྗོད་ཀྱི་སྤྱོབས་པར་བསམ།
བུད་མེད་དེར་དཔེ་ཐོག་ཏུ་བསྟན་པའི་འདོད་པ་འཕེལ་ནས་ཡོད།

ལམ་དུ་འགྲོ་བའི་དཔའ་རྒོད། ཁྱོད་ཀྱི་བྲེལ་བའི་གོམ་ཁ་སྤོད་པར་དགོས།

༢༢

ཕོ་སྐྱེས་དེའི་གདོང་གབ་ནས་ཕག་ཏུ་ཡིབ།
བུད་མེད་དེས་ཁོ་ཕོ་རྙེད་ནས་ལུས་འབྲེལ་དགོས་པར་ལབ།
བཟའ་འདང་མ་ཡིན་པའི་བརྩེ་བ་ཅིག་གིས་ཁོ་གཉིས་ལམ་གྱི་བཞི་མདོར་དེད།

༢༣

སེམས་ཀྱི་དགའ་མ་མཆོག་ཏུ་གྱུར་ནས་ཡོད།
སེམས་ཀྱི་དགའ་མས་བརྩེ་དུང་གི་ཚད་གཞི་ཐེག་ནས་ཡོད།
སེམས་ཀྱི་དགའ་མ་རིང་དུ་གྱེས་ཚེ་གཙང་ཆུ་རིང་མོས་ཁ་ཕྱོགས་ཕོར་ནས་འགྲོ།

༢༤

རང་གི་ལས་གཞོང་འགྱོད་ཀྱིས་མནར་བའི་སྐྲུན་ཞེའོ་ཆེན།
མིང་གི་གཙང་ཆུ་མེ་ལོང་འདྲ་བ་ཞིག་ཏུ་ལྷེབས་པར་བཤད།
ཕོ་མོས་རང་གི་མཛེས་ཞལ་ལ་ལུས་དབང་ལས་ལྷག་པའི་དགའ་བ་ཡོད།

༢༥

ཆིང་གི་དུས་མཐུག་ཙམ་ལ།
ཅིན་ལན་ཀང་གྲིག་ཏུ་ཐོན།
ཕོ་གཉིས་ཀྱི་བརྩེ་བ་ཟབ་པས།
ལུས་མཐུན་གྱི་བཟའ་ཚང་དུ་གྱུར།
ཧང་ཧེ། སྔོ་ཅན་དུ་ཕོ་ཚོ་མི་འགྲོ་བར།
གནས་སྐབས་སུ་གཞའ་ནས་འཚོ་དགོས་པར་བཤད།

༣༦

རིག་རྩལ་བསྐྱར་དར་གྱི་དུས་དེར།
སྒྱེས་བྱུམ་དེ་འདོད་པའི་མཚོན་བྱེད་དུ་བྱེད།
ད་ལྟ་དཀྱིལ་ཧྲུང་པས་རྣོ་སྣང་ལག་ཏུ་ཐོགས་ཚེ།
ཕོ་བོའི་དབྱངས་ཧར་རྨ་མེད་ན་ཟུག་སྡུག་ཡོད་པ་ཚོར།

༣༧

ཀྱང་གོར་རྒྱུ་ནོར་བདག་འཛིན་གྱི་དབང་ཆ་མེད་པའི་ཆུན་མ།
ཆེན་མོའི་སྟང་སྡིག་གི་འོག་ཏུ་སྡོད་དགོས་ཡོད།
ཡིན་ཡང་ཕོ་མོའི་བརྩེ་དུང་ནི་རི་དྭགས་རྙི་ཐེབས་དང་འདྲ།

༣༨

རྒྱལ་ཁམས་འགྲིམ་པའི་དཔའ་བོ་ཡུལ་དུ་ལོག་ཚེ།
ཕོའི་འདོད་པ་ཡོངས་སུ་ཉམས་ནས་ཡོད།
ཐབ་ཏུ་འབར་བའི་མེ་ལྕེས་ཕོ་བོའི་སྐུས་སུ་དྲོད་ལམ་ལམ་བྱེད།

༣༩

ཞི་ལའི་ལྷ་ཚོགས་མཛེས་མར་དུང་ནས་ཡོད།
བོད་ཀྱི་གཞི་བདག ནགས་ཀྱི་ཀླུ་ལ་འཛིགས་ནས་རྒྱང་ལ་འགྱེད།
ས་ཆེན་སྙིང་ཁྲ་ཁྲ་རིག་རིག་གི་ལྟད་མོ་གང་མང་གནས་ཡོད།

༤༠

གལ་ཏེ་འཁོར་བའི་སྡུག་དོང་ལས་སྐྱོབ་པའི་ལྷ་ཞིག་མཆིས་ན།

ལྷ་དེའི་མགྲིན་ཚབ་ཏུ་མངགས་པའི་ཕོ་ཉ་དེ་ཚོའི་སྙིང་།
མི་ཡུལ་གྱི་བརྩེ་བ་དང་དུང་བའི་གཤོག་པ་ཐོགས་ཡོད་པར་ངེས།

老相好

1

美丽浩淼的湖泊，一百单八条草原河汇成，

最终成为巨大的泪滴——都是先人讲的故事。

幽深莫测的爱情，三百六十颗天上星炼就，

这星辰照耀心灵——都是诗人怅望的天宇。

2

是那些繁茂的芨芨草，从血浆里生长，

做了底层的精英，挡住了来自异域的风沙。

是那些弱小的黑蚁，在草窠里建巢，

做成地下的宫殿，要上演蝼蚁才有的爱情。

3

红尘永恒的太阳，沐照藏地甘南，

热烈深情的他呀，你单只手遮盖不了。

天上下来的黄河，路过玛曲草原，

沉郁低回的她呀，你一时理解不了。

4

我转了万回佛塔，道路上，遇到了那么多的人，

——好不过遇到的你。

我拜了千尊真佛，寺院里，牵着启智开明的手，

——好不过执手不语。

5

南山林里的树里头，总有孤独的精灵。要说那最好的，

还是那与佛祖有缘的紫香檀。

世上拥挤的人里头，总有沉默的女子。要说那最好的，

还是那与我有缘的实心人。

6

穿水獭皮的少年，沿着曲折的花径走了。你走就走吧，

即使你的嘴上涂满蜂蜜，你也不是我的相好。

松柏一样的男子，循着黑暗的河面来了，你来就来吧，

即使你的一身都是疾病，你也是我等待的爱人。

7

梅花鹿成群结队，圆睁着黑亮的眼睛，

不是求偶的季节，也往那片密林深处去了。

你和我形只影单，守着利剑般的情欲，

不是约会的日子，也渴望远离寂寞的荒原。

8

那边，黑又矮的牛粪墙，倒了。阿妈说：
那可是家乡的黏土垒起来的。
这边，白又大的银月亮，羞了。相好说：
那可是你我的情意唤出来的。

9

风雪里的松和柏，枝叶交织在风中，
它们低语或者沉默，早就有了执手的交往。
你和我在岁月中，手脚缠绕在身上，
我们拥抱或者御寒，难道真有换心的情意？

10

在故乡，当白雨落在田里，洪水走过村庄，
……我也有能托事的近邻。
在远方，当白昼陷进坑里，黑夜挂在床头，
……我也有能换命的女人。

11

珊瑚做的珠子要献给月神，那光芒本就来自天上。
牛毛做的氆氇呢，要献给父母，那是亲人的血魂。
缎子做的长裙要献给爱人，为了血脉她怀了孕了。
良心做的歌声呢，要献给情人，那是心授的歌词。

12

恨情人，总是躲在月下的丛林，
你要有月光的意志，才能让她们显出身形。
爱万物，她们总在太阳的光里，
你要有浪子的胸怀，才能感受女性的温柔。

13

我就是这里的习俗，这里的天气，这里的人。
你若真是我的相好，就帮助我离开这里。
你若真是佛国来的度母，就度化我吧，
留下我的精血，梦想……和天上的星斗！

14

樵夫行走密林深处，他说：手执利斧时，
最容易的，是在森林里选木头。
刀客行走凶险江湖，他说：心有利刃时，
最困难的，是在人群里选女人。

15

在悬崖上，我为你开路。在渡口，我为你备舟。
为你流出鲜血的，是那有情有义的人。
过了河，你就拆了桥。上了房，你就搬走梯。
给我不留后路的，是那吃了麦草的畜生？

16

放纵的烈马从寒冷的高原，来到这闷热的盆地，
英雄哪，你若骑它，就要有过人的本事。
血性的汉子从遥远的拉萨，来到这深情的甘南，
姑娘哪，你若交他，就要有女人的妩媚。

17

那河堤上的裂缝，出现在倾城之恋的年代，
你我狭路相逢，迟早是决堤的先声。
你脾性中的毛病，暴露在情人拥挤的大街，
你我貌合神离，迟早是堕落的根源。

18

山上的遒柏劲松，高贵又挺拔。如果追忆往昔，
既有衰败的枯枝，也有满身的伤疤。
人间的亲朋密友，亲密更无间。如果仔细打量，
定有自己的脾性，也有不可告人的秘密。

19

一碗青稞酒下肚，你的脸就发红，有了心事。
你露出人性的恶，你的诺，太易变了！
一包袁大头在怀，你的心就黑了，变得乖戾。
你夺走人间的善，你的心，叫狼吃了！

20

你是狂风中的杨柳，听说前年，经了被肆虐的命运。
我是雨中的岩石，那些日子，也有过被冲刷的历史。
在这风雨的一隅，屋檐下，我俩是同甘共苦的命运。
但春花刚刚开放，就各自乱了情，做不了知心人了！

21

进了幽暗的山林，戴上面具，穿上铠甲，
有人悄声交代：记住，要提防那身后的影子！
落入幽深的圈套，双眼被蒙，咽喉被扼，
有人低声威胁：你呀，还喊不喊相好的名字？

22

千日来的酒肉，搁在桌上，挂在梁上，都干了，
纵是这样，也维不下换心的朋友。
寒霜后的话语，结在枝上，落在叶上，都硬了，
纵是这样，也会失去懂你的爱人。

23

路走错了的时候，有人在酒吧里嘶声喊叫：
“回过头，重新走吧！”喊罢，昏睡过去。
人交错了的时候，有人在床上低声哭泣：
“转眼间，已到悬崖！”哭罢，昏厥过去。

24

常年伴身的红鬃宝马，当它从大路上轻身而来，
别看它跟你形影不离，受惊了也会出岔。
多年交往的亲密爱人，当她从香浪节姗姗而来，
别看她跟你相濡以沫，变心了也会迷失。

25

双手捧沙时，沙像你的人生，迟早会漏完。
漏在地上的日子，黄灿灿一片：你我各不相干。
慢待情人后，我也信马由缰，登上了高山。
可我心里清楚：你的心，如流沙，不再回转！

26

来了又来的轻霜，就像潜行的小偷，
即使不带走什么，也会杀伤园中的青苗。
背信弃义的爱人，就像痛苦的黑幕，
即使立在阴暗处，也会遮蔽你的眼睛。

27

你得意时追随你的，不管是豺狼还是兔子，
也会在你失意时率先离开。是真的吗？
你失意后诅咒你的，不管是孔雀还是狐狸，
也会在你得意时循迹而来。是真的吗？

28

又妖又娇的女人，在酒吧里，在红房子里，

你还是离我远些吧，我不是被夜晚垂青的人。

花言巧语的汉子，在酒桌上，在黑帐篷里，

你还是离我远些吧，你终究还是我的路人。

29

甜言蜜语，说多了，就没有多大的意思了。

但在当年，你不说，我就遇不到你了。

恶语谗言，说多了，就再也不到心里去了。

今天以后，你还说，也左右不了我了！

30

岁月里的物件，换成了新的，人都去了哪里？

岁月里的交情，守成了旧的，爱都去了哪里？

你看那绿叶衬托的杜鹃，她开了败，败了开，

这常败常开的精气神，你怎么说丢就丢了呢？

31

那些低矮丑陋的树木，当它们成熟后，

也能结出丰硕的果子，就像我们的母亲那样。

那些见异思迁的情人，当他们离开后，

不会迎来九月的金秋，就像眼前的流水那样。

32

人说时光如梭，逝去不再来。我只好站在岸边，
听风吹树叶：几年来，维不下朋友！
人说情如流水，逝去不再来。我只好独守空室，
看藏地传说：一句话，伤害了知己！

33

忠诚的人是一座山，他在风雪中也岿然不动，
他在廊下，把一壶产自松潘的茶慢慢喝完。
负心的人是一团草，她在劲风中就失了影踪，
但她到来，化为雪莲，又映照着他的岁月。

34

独飞的大雁，在雪原。当她觉得疲倦的那天，
落下来，定然会找到栖身的湖泊。
远行的浪子，在河源。当他开始忏悔的那天，
昏过去，定然会遭遇善意的灯火。

35

高山深谷里的独行者，渴望听到世间的歌声，
他打开行囊，装进了漫天璀璨的星辉。
草原母亲河边的倦客，渴望睡在篝火的夜里，
她枕着涛声，听到了南风对野菊的絮语。

36

爱情虽做了路上的明灯，情欲虽做了猎食的刀剑，
红尘里的人哪，泪水，迟早会打湿那一页信笺。
诗歌虽做了爱情的作证，故事虽做了彼此的传说，
风雪中的人哪，缘分，迟早会在来世等着你我。

ཁག་གསུམ་པ། འཇའ་གྲོགས་རྙིང་པ།

༡

མཛེས་སྡུག་ཡིད་འོང་གི་མཚོ་མོ་དེ། ཆུ་སྣ་བརྒྱ་དང་བརྒྱད་ཀྱིས་གྲུབ་ཅིང་།
མཚར་སྡུག་ཆེ་བའི་མིག་ཆུའང་དེ་ཡིན། གནའ་མིའི་ངག་ལས་བྱུང་བའི་སྒྲུང་རིང་ཡིན།
དཔག་པར་དཀའ་བའི་བརྩེ་དུང་དེ། རྣམ་པར་བཀྲ་བའི་སྐར་ཚོགས་ཀྱིས་གྲུབ་ཅིང་།
སེམས་ལ་འོད་སྣང་སྤྲིན། སྙན་ངག་པའི་སྨྱུག་སྣེ་ནས་བྱུང་བའི་དབྱངས་སྙན་ཡིན།

༢

ཚིང་ཚིང་དུ་སྐྱེས་པའི་འབྲུ་རྟ་ས་འཛིན་ནི། ཁྲག་རྒྱུན་ལས་བྱུང་བ་ཡིན་ལ།
གདོང་མ་ནས་མཆོག་གྱུར་དུ་བརྩེ་ཞིང་། བསྐལ་བ་ནས་བྱུང་བའི་རྟུལ་འཚུབ་བཀག
ཉམ་ཆུང་གི་གྲོག་ཆུང་དག་གིས། རྩྭ་གསེབ་ཏུ་ཚང་བཅའ་ཞིང་།
ས་འོག་གི་ཕོ་བྲང་གསར་དུ་བསྐྲུན། གྲོག་མར་དབང་བའི་བརྩེ་དུང་གི་གཏམ་རྒྱུད་བྲིས།

༣

རྟག་བརྟན་དུ་གནས་པའི་སྲིད་པའི་མིག ཀུན་སློའི་ཡུལ་དུ་འོད་སྣང་སྲིན།
རྡོད་འཛམ་གྱིས་ཁེངས་པའི་ཉི་མ་ནི། ཁྱེད་ཀྱིས་ནམ་ཡང་ཁེབས་ག་ལ་ནུས།
མཁའ་ལས་བབས་པའི་ཆ་ཆུ། ཆ་ཆུ་རྩ་ཐང་དུ་རྟོལ་གྱིས་མཚོངས།
སྨྲ་བ་མེད་པའི་ཁོ་མོ་ནི། ཁྱེད་ཀྱིས་ནམ་ཡང་རྟོགས་ག་ལ་ནུས།

༤

མཆོད་རྟེན་ལ་སྐོར་བ་རྒྱག་ཐེངས་རེར། ལམ་བར་དུ། མི་ཚོགས་མང་པོ་དང་འཕྲད་མོད།
ཁྱེད་དང་བྲལ་བ་ནི་ལས་དབང་ཡིན།
ལྷ་སྐུ་ཁྲི་འབུམ་ལ་ཕྱག་འཚལ་བྱས་ཤིང་། དགོན་སྡེ་ནས། གསོལ་བ་གང་མང་བཏབ་མོད།
ཁྱེད་དང་ལག་གདང་འབྲེལ་བ་ལས་མ་འདས།

༥

སྔོ་རིའི་ནགས་ཚལ་དུ། ཁུ་སྲུམ་མེར་འཁྲིངས་བའི་ལྗོན་ཤིང་ཡོད་ལ། ཡིད་དུ་འོང་བ་ནི། ལྷ་
དང་ལས་འབྲེལ་ཇོགས་པའི་དཔག་བསམ་ལྗོན་པ་རེད།
འཛིག་རྟེན་གྱི་མི་ཚོགས་ཁྲོད། ཁུ་སྲུམ་མེར་བགྲོད་པའི་བུ་མོ་ཡོད་ལ། ཡིད་དུ་འོང་བ་ནི།
ང་དང་ལས་འབྲེལ་ཇོགས་པའི་གཞོན་ནུ་མ་དེ་ཡིན་ལགས།

༦

སྲམ་པགས་གྱོན་པའི་གཞོན་ནུ། གོམ་པ་ཁྱར་འཁྱོར་ལེན་ཞོར་བུད་སོང་། སོང་ན་ཆོག་ཏེ།
ཁ་ཡག་ངོ་དགའི་ཚིག་ལ་སྨྲོ། ཁྱེད་ནི་ང་ཡི་གྲོགས་བཟང་མ་ཡིན།
ངར་ཤུགས་ཀྱིས་བརྗིས་པའི་སྟག་ཤར། སྨན་ནག་འཐིབས་པའི་མཚོ་ངོགས་རྒྱུ་ནས་ཐོན་
འོང་། ཐོན་ན་ཆོག་ཏེ། ན་ཚས་མནར་ཡོད་ཀྱང་། ཁྱེད་ནི་ངའི་སྨུག་ཆོག་པའི་དགའ་ས་ཡིན།

༧

ཤྭ་ཡུ་མོ་ཁྱུ་གཅིག་ཏུ་འདུས་ཤིང་། མིག་ཟུང་གིས་སྐར་འོད་ལ་འགྲན།
འགྲོ་རོགས་བཙལ་བའི་དུས་མིན་མོད། ཚིང་ཚིང་གི་ནགས་ཚལ་དུ་འགྲོ་བར་བྲེལ།
ཁྱེད་དང་འུ་གཉིས་མཉམ་འགྲོ་མཉམ་འདུག་བྱེད་ཅིང་། འདོད་པར་ཆགས་པ་སེལ།
དུས་ཆད་བྱེད་པའི་དུས་མིན་མོད། སུན་སྣང་གི་ཉིན་མོ་དང་འབྲལ་བར་འདོད།

༨

ཕ་གིའི། ལྷི་བའི་བརྩིགས་པའི་ཀྲུང་ལོག་སོང་། ཨ་མས།
དེ་ནི་ཕ་ཡུལ་གྱི་ས་ནག་གིས་བརྩིགས་པ་ཡིན་ཟེར།
འདི་རུ། དཀར་ཅིང་གསལ་བའི་ཟླ་བ་གནོང་སོང་། འགྲོགས་བཟང་གིས།
དེ་ནི་འུ་གཉིས་ཀྱི་བརྩེ་དུང་ལ་གནོང་བ་རེད་ཟེར།

༩

བུ་ཡུག་ཁྲོད་ཀྱི་གསོམ་པ་དང་ཤུག་སྡོང་། འདབ་མ་བཀྲལ་ནས་རླུང་བུའི་ཁྲོད་འགྲེངས།
ཁ་རོག་གེར། ཁུ་སིམ་མེར་འདུག་མོད། ལྐོག་གྱུར་དང་ལག་གདང་འབྲེལ་འདུག
ལོ་ཟླའི་ཁྲོད་ཀྱི་ཁྱེད་དང་འུ་གཉིས། རྐང་ལག་མཉམ་དུ་འབྲེལ་ལ།
མཉམ་དུ་ཡང་ནས་ཤ་ཐོད་སྤྲིན། འདི་ནི་སེམས་པའི་འབྲེལ་ཐག་ཡིན་ནམ།

༡༠

ཕ་ཡུལ་དུ། དྲག་ཆར་གྱིས་ས་ཞིང་བསྣུབས་ལ། ཤ་འོད་ཀྱི་གྲོང་སྡེ་བཅོམས།
ང་ལ་དོན་དག་བཅོལ་སའི་ཁྱིམ་མཚེས་ཡོད།
རྒྱང་རིང་དུ། ཉིན་དཀར་ས་དོང་ལ་འཛིབས་ཤིང་། མཚན་མོ་མལ་ཁྲི་རུ་ཡལ།
ང་ལ་ཡིད་སེམས་འགྱུག་པའི་བུད་མེད་ཡོད།

༡༡

བྱུ་རུའི་རྒྱུས་པའི་ཕྲེང་བ་དེ་ཟླ་བ་ལ་སྤྲིན་ཅིང་། འོད་ཟེར་ནི་བར་སྣང་ནས་བྱུང་།
ནོར་རྩེད་ཀྱིས་འཐག་པའི་འཕྲུག་ལ། ཕ་མར་འབུལ་ལ། འདི་ནི་གཉེན་ཉེའི་ཟྲུངས་ཁྲག་ཡིན།
དར་སྐུད་ཀྱིས་བཟོས་པའི་རྡོར་ལྭ་རིང་མོ་དཀར་མར་ཕུལ། ཁྲིམ་རྒྱུད་ཀྱི་ཆེད་དུ་མངལ་སྐྲིམ་འདུག
སེམས་པ་རྣལ་མོར་བཅིངས་པའི་གླུ་སྐད་དེ། སེམས་ཀྱི་དཀའ་མར་འབུལ་ལ། འདི་ནི་
སེམས་ལས་བྱུང་བའི་གླུ་ཚིག་ཡིན།

༡༢

ཟླ་འོད་འོག་གི་ནགས་ཚལ་དུ་སྦས་པར་སྒྲོ་བའི་དགའ་བར་ཤིན་ཏུ་སྣང་།
ཁྱེད་ལ་ཟླ་འོད་ཀྱི་མཐུ་ནུས་ཡོད་ཚེ། ཕོ་མོ་ལྷང་ལ་འབུད་པར་བྱེད་ངེས།
ཁྱེད་ལ་ཁྲམ་པ་ཞིག་གི་བློ་སྟོབས་ཡོད་ཚེ། བུད་མེད་ཀྱི་ཞེ་འཛམ་ལ་ངང་གིས་རོལ་ཐུབ།

༡༣

ང་ནི་ཡུལ་འདིའི་ཡུལ་སྒྲོལ། ཡུལ་འདིའི་གནམ་གཞིས། ཡུལ་འདིའི་མི་ཡིན་ནོ།
ཁྱེད་ནི་ང་ཡི་དགའ་མ་ཡིན་ཚེ། གནས་འདི་ལས་མཉམ་དུ་འབྲལ་བར་གྱིས།
ཁྱེད་ནི་འཕགས་ཡུལ་ནས་འོང་བའི་སྒྲོལ་མ་ཡིན་ཚེ། ང་རང་སྡུག་བསྔལ་ལས་སྐྱོབས་ཅིག
ངའི་ཟྲུངས་ཁྲག་དང་ཕུགས་བསམ། ད་དུང་ཨ་སྟོན་གྱི་རྒྱ་སྐར་སྐུར་ཤིག

༡༤

ཤིང་མཁན་ཞིག་ནགས་ཚལ་དུ་བསྒྲོད་དུས། ལག་ཏུ་སྟ་རེ་བཟུང་ཡོད་ཚེ།
ནགས་ཚལ་ལས་ཤིང་སྡོང་ཞིག་བདམས་པར་བྱེད།
གྲི་མཁན་ཞིག་གིས་རྒྱལ་ཁམས་སྐྱོལ་དུས། སེམས་ཀྱི་གྲི་ཆུང་རྣོ་བར་བརྡོད་ཚེ།
ཆེས་ཁག་ཆེ་ས་ནི། མི་ཚོགས་ལས་བུད་མེད་བདམས་པ་དེ་རེད།

༡༥

གཡང་གཟར་དུ། ངས་ཁྱེད་ཀྱི་ལམ་སྣ་དྲངས། གྲུ་ཁ་རུ། ངས་ཁྱེད་ལ་སྐ་གོན་བྱས།
ཁྱེད་ཀྱི་དོན་དུ་ཐུངས་ཁྲག་བཏོན་མྱོང་མཁན་ནི། མི་འདང་བརྩེ་འདང་ཅན་དག་ཡིན།
ཆུ་ལས་བརྒལ་རྗེས། ཁྱེད་ཀྱིས་ཟམ་པ་བཤིག་སོང་། ཀླད་ལ་ཐོན་རྗེས། རྐས་ཐེམ་བླངས་སོང་།
ང་ལ་གཞུག་ལམ་མི་བསྐྱུར་མཁན་ནི། གྲོ་རྩྭ་ཟ་བའི་དུད་འགྲོ་ཡིན་ནམ།

༡༦

བག་མེད་དུ་རྒྱུ་བའི་རྟ་མཆོག་དེ། གྲང་ངར་ཆེ་བའི་མཐོ་སྒང་ལས་མར་བདེ་ཐང་ལ་བབས།
དཔའ་རྟུལ་ལགས། རྟ་འདི་ལ་བཅིབས་དང་། ཁྱད་འཕགས་ཀྱི་རྩལ་ཅིག་འཛོམས་དགོས།
རྟུལ་ཕོད་ཆེ་བའི་ཕོ་རྒོད་ཅིག རྒྱང་རིང་གི་ལྷ་ས་ནས་ཕེད་ཡངས་བའི་ཀན་ལྷོ་རུ་འགྲོར།
བུ་མོ་ལགས། ཕོ་ལ་འབྲེལ་བ་བྱེད་བསམ་ཆེ། ཞི་དུལ་གྱི་གཤིས་ཀ་ཞིག་ཡོད་དགོས།

༡༧

ཆུ་རགས་ཀྱི་གས་སྲུབས་ཏེ། བརྩེ་དུང་ལ་ཤོར་བའི་ལོ་ཟླ་རུ་བྱུང་།
འུ་གཉིས་གྲོད་ཡ་ལམ་ཐུག་ཡིན་མོད། བུའི་བཟང་ངན་ཀྱང་དེ་ལས་འགྲུབ་ཆོག
ཁྱེད་ཀྱི་གཤིས་རྒྱུད་ངན་པ་དེ། མཛའ་མོ་མང་པོའི་སྲང་ལམ་ནས་བཏོན་བྱུང་།
འུ་གཉིས་ནང་སེམས་འགལ་དུས། ངན་རུལ་གྱི་འབྱུང་ཁུངས་སུ་འགྱུར་སྲིད།

༡༨

རི་འགོའི་ཤུག་སྟོང་དང་གསོམ་སྟོང་། བརྗིད་ཆགས་གེར་འདུག འདས་དོན་ལ་ཕྱིར་མིག་
འཕངས་ཚེ། སྐྱིང་ལ་གྱིས་གདུང་བའི་ཡལ་འདབ་ཡོད་ལ། ཆག་གྲུམ་དུ་ལུས་པའང་ཀུན་ནས་མོད།
མི་ཡུལ་གྱི་གཉེན་ཉེ་དང་གྲོགས་པོ། སྙིང་ཉེ་བར་འདུག ཞིབ་ཏུ་བསམ་བློ་རེ་བཏང་ཚེ།
རང་ཉིད་ཀྱི་གཤིས་རྒྱུད་རེ་ཡོད་ལ། ཕྱོག་ཏུ་སྦ་དགོས་པའི་གསང་བའང་ཀུན་ནས་མོད།

༡༩

ནས་ཆང་ཐོར་བ་གང་བཏུང་རྗེས། ཁྱེད་ཀྱི་ངོ་གདོང་དམར་པོར་འགྱུར་སྲིད། སེམས་དོན་
མང་པོས་བརྗིས། མི་གཞིས་ཀྱི་བཙོག་ས་དེ་ཕྱིར་མངོན་ལ། ཁྱེད་ཀྱི་དམ་བཅའ། འགྱུར་བར་སླ།
དངུལ་སྲང་ཟུམ་དུ་བཙུག་རྗེས། ཁྱེད་ཀྱི་སེམས་པ་ནག་པོར་འགྱུར་སྲིད། གདུག་རྩུབ་ཅན་
དུ་གྱུར། མིའི་རིགས་ཀྱི་སྤྱོད་བཟང་ལ་རྟོག་བརྗིས་ཐེབས། ཁྱེད་ཀྱི་སེམས་པ། ངན་ལ་ཕྲོར།

༢༠

ཁྱེད་ཀྱི་རླུང་འཚུབ་ཁྲོད་ཀྱི་དབྱར་སྟོང་ཡིན། གོ་ཐོས་སུ་སྤྱ་ལོར། དུམ་གཅོད་བྱེད་པའི་ལས་
དབང་དང་འཕྲལ།
ང་ནི་དྲག་ཆར་ཁྲོད་ཀྱི་ཐྲག་རྫ་ཡིན། ཉིན་དེ་གར། ཆུ་ཡིས་སྦྲགས་པའི་ལོ་ཟླ་དང་ཕྲལ།
ཆར་རླུང་གི་བར་གསེང་ནས། ཁྱེད་དང་འུ་གཉིས། ལས་འབྲེལ་གྱི་གྲོགས་སུ་གྱུར།
དཔྱིད་ཀྱི་མེ་ཏོག་བཞད་དུས། བརྩེ་བ་གཞན་ལ་ཕྲོར་ཞིང་། ཡིད་མཐུན་གྱི་གྲོགས་བྱེད་མ་ནུས།

༢༡

མག་མོག་གི་རི་ལུང་དུ་སོང་ཚེ། ཞ་འཐོག་གོན་ཅིང་། གོ་ཆ་མནབ།
ཁ་རོག་གེར་བཤད་འོང་། ཡིད་ལ་བཟུང་། རྒྱབ་ཕྱོགས་ཀྱི་གྲུབ་མར་དོགས་ཟོན་བྱས།
གཏིང་ཟབ་པའི་རྒྱ་ཊུ་ཚུད་དུས། མིག་གཉིས་ཞར་ཞིང་། མིད་པ་ལྐུག
ཁ་རོག་གེར་འཛིགས་སྐུལ་བྱས། ཁྱེད་ཀྱིས་དགའ་རོགས་ཀྱི་མིང་ནས་འབོད་ཐོད་དམ།

༢༢

ལོ་ཟླ་འདས་པའི་ཤ་ཆང་། སྒྲོག་ཅེ་ཊུ་བཞག ཀ་བ་ཊུ་དཔྱངས། ཐམས་ཅད་སྐམ་འདུག
དེ་དང་བསྟུན་ནས། ཡིད་མཐུན་གྱི་གྲོགས་པོ་འཇོར་མི་སྲིད།
བད་སད་བྱུང་རྗེས་ཀྱི་ཁ་བརྡ། ཡལ་ག་ཊུ་འཆང་། ལོ་མ་ཊུ་ལྷུང་། ཐམས་ཅད་མཁྲིགས་འདུག
དེ་དང་བསྟུན་ནས། སེམས་པ་མཐུན་པའི་དགའ་རོགས་ཀྱང་གྱིས་ཟིན།

༣༣

ལམ་ནས་མགོ་བོ་འཁོར་ཆེ། ཆང་ཁང་ནས་མི་ཞིག་གིས་ཝུར་རྒྱག་སྲིད།
ཕྱིར་ཐོག་དང་། བསྐྱར་དུ་འགོ་རྩོམ། ཝུར་སྒྲ་དང་མཐུད་ནས། བརྒྱལ་སོང་།
གྲོགས་ལ་འགྲོགས་ནོར་ཆེ། ཉལ་ཁྲི་ལས་མི་ཞིག་གིས་སྨྲེ་ངག་འདོན་སྲིད།
སྐད་ཅིག་ཙམ་ལ། གཡང་གཟར་དུ་ལྷུང་། ངུས་རྗེས། བརྒྱལ་སོང་།

༣༤

ཡུན་རིང་ལ་ཞོན་པའི་རྟ་མཆོག རྒྱང་རིང་གི་ལམ་ཕྲན་བརྒྱུད་ནས་འོང་དུས།
ཁྱེད་དང་ལུས་དང་གྲིབ་མ་བཞིན་འགྲོགས་མོད། དངངས་སྐྲག་གིས་འཇྲོགས་ཀྱང་སྲིད།
ཡོ་མང་ལ་འགྲོགས་པའི་རོགས་ཡོ། གནས་སྐོར་དུས་ཆེན་ལས་ཕྱིར་འོང་དུས།
ཁྱེད་ལ་བརྩེ་བའི་དྲོད་ཁོལ་བྱིན་མོད། སེམས་པ་འགྱུར་དུས་འགལ་ཀྱང་སྲིད།

༣༥

ལག་པས་བྱེ་མ་བཙིངས་དུས། དེ་ནི་མི་ཚེ་བཞིན། ནམ་ཞིག་འཛགས་ཚར།
ས་ལ་འཛགས་པའི་ཉིན་མོ། གསེར་ལམ་ལམ་དུ་འདུག ཝ་གཉིས་དང་འབྲེལ་བ་མི་འདུག
དགའ་རོགས་དང་འཕྲད་དུས། སེམས་ཀྱི་འདུན་མ་དེ་ཡིན། རི་བོའི་རྩེ་ལ་འཛེགས་རྗེས།
སེམས་ལ་གསལ་ལེར་འཆར་འོང་། ངའི་སེམས་པ། བྱེ་མ་བཞིན། ཕྱིར་འོང་ག་ལ་མཆིས།

༣༦

བད་དང་སད་པའི་སྣང་བརྙན། ཀློག་ཏུ་བཙུག་པའི་ཀྲུན་མ་བཞིན།
ཅི་ཡང་འཁྱེར་མི་སྲིད་མོད། ལྷུམ་རྡར་འཚོ་བའི་ལྡོང་མྱུག་བཙོམས།
ཁ་ཡོག་མི་མཐུན་པའི་དགའ་རོགས། སྡུག་བསྔལ་གྱིས་མནར་བའི་སྨུན་པ་བཞིན།
མག་མོག་ཏུ་ཅི་ཡང་མི་སྣང་མོད། ཁྱེད་ཀྱི་མིག་ཟུང་ལ་རབ་རུབ་ཏུ་གཏོང་།

༣༥

ཁྱེད་རྒྱལ་བའི་སྐབས་རྗེས་སུ་བསྒྲིགས་པ་བགྲང་ལས་འདས།
སྲུང་ཀི་དང་རི་བོང་གང་མང་རེད།
རྗེས་ལུས་ཀྱི་ཉིན་དེར།
སུས་ཀྱང་ཁ་གྱེས་པ། དེ་བདེན་ནམ།
རྗེས་སུ་ལུས་པའི་ཉིན་དེར། ཨ་ཕ་དང་ཨ་མོ་སུས་ཀྱང་གཅིག་རྗེས་གཅིག་གིས་འཕྱ་སྨོད་
འདོན་པ། དེ་བདེན་ནམ།

༣༦

སྙིག་ཉམས་ཀྱིས་སྦྱུག་པའི་བུ་མོ། ཚང་ཁང་དུ། ཁང་དམར་དུ།
ཁྱེད་ཉིད་ང་དང་རིང་དུ་འབྲལ་བར་གྱིས། ང་ནི་མཚན་མོའི་ལས་དབང་ལ་འཇུག་མཁན་མིན།
ཁ་ཡག་ཚིག་འཇམ་བཤད་པའི་ཕོ་རྒོད། ཚང་ཁ་རུ། སྨྲ་ནག་ཏུ།
ཁྱེད་ཉིད་ང་དང་རིང་དུ་འབྲལ་བར་གྱིས། ཁྱེད་ནི་ངའི་ཚེ་གཅིག་སྐྱ་ཡ་ཡིན་མི་སྲིད།

༣༧

ཁ་ཡག་ཚིག་འཇམ། མང་དུ་བརྗོད་ཆེ། ནང་དོན་གཞི་ནས་འགྱུར་སོང་།
འོན་ཀྱང་དེ་དུས། ཁྱེད་ཀྱི་མ་བཤད་ཆེ། ཞུ་གཉིས་འཕྲལ་མི་ཐུབ།
ཚིག་རྩུབ་སྡུག་གཏམ། མང་དུ་བརྗོད་ཆེ། གཞན་གྱི་སེམས་སུ་ཆགས་མི་སྲིད།
དུས་ད་ནས་བཟུང་། ཁྱེད་ཀྱི་བཤད་ཀྱང་། ང་ལ་ཁ་ལོ་བསྒྱུར་མི་སྲིད།

༤༠

ལོ་ཟླའི་ཁྲོད་ཀྱི་ཡོ་ཆས། གསར་བར་བརྗེས་སོང་། མི་གང་དུ་བཞུད་སོང་།
ལོ་ཟླའི་ཁྲོད་ཀྱི་བརྩེ་བ། རྙིང་བར་ལུས་སོང་། བརྩེ་བ་གང་ལ་བཞུད་སོང་།
ལྗང་མདོག་གི་ལོ་མའི་བརྒྱན་པའི་སུ་རུ་མེ་ཏོག བཞད་ཅིང་རྒུད། རྒུད་ཀྱང་བཞད།

བཞད་པ་དང་རྒྱུད་པའི་སྙིང་སྟོབས། ཁྱེད་ཀྱི་བོར་སོང་ཅིའི་ཆེད་དུ་ཡིན།

༣༡

ཕྲ་ཞིང་ཐུང་བའི་ལྗོན་ཤིང་དག ཡལ་འདབ་རྒྱས་པའི་དུས་ལ།
གཡུར་དུ་ཟ་བའི་འབྲས་བུ་སྨིན་སྲིད། ཨུ་ཅག་གི་མ་ཡུམ་ལྟར།
ཡིད་ནས་དྲན་པའི་ཆུང་ལོ། གཞི་ནས་རང་དང་གྲེས་དུས།
ཟླ་དགུ་པའི་སྟོན་ཟླ་ཡལ་སྲིད། མདུན་ཕྱོགས་སུ་རྒྱུ་བའི་ཆུ་བོ་ལྟར།

༣༢

དུས་ཚོད་ནི་ཆུ་བོ་བཞིན་བཞུར་འགྲོ་ཟེར། ང་རང་ཆུ་འགྲམ་དུ་གྲོང་དེར་ལངས་དགོས།
བསིམ་རླུང་གིས་སྡོང་ལོ་གཡོ་དུས། ལོ་ཟླ་འདས་ཀྱང་། གྲོགས་པོ་ཕྱིར་ཡོང་མི་ངེས།
བརྩེ་དུང་ནི་ན་བུན་བཞིན་ཡལ་འགྲོ་ཟེར། ང་རང་ཁང་སྟོང་དུ་འདུག་དགོས།
བོད་ཡུལ་གྱི་གནའ་སྒྲུང་ལ་ལྟ་དུས། ཚིག་གཅིག་གིས། གྲོགས་ཀྱི་སེམས་པ་མནར།

༣༣

སློ་དཀར་ནི་ལྷུན་པོ་བཞིན། ཁ་ཆར་བུ་ཡུག་ཁྲོད་གྲོང་དེར་བགྲེངས་འདུག
འཁྲམ་ར་རུ་བསྡད་ནས། དལ་གྱིས་ལོ་ཇ་མངར་མོ་ཕུབ་ཀྱིས་འཐུང་།
ཁྲིལ་མེད་ནི་རྩྭ་ཤིང་བཞིན། རླུང་བུའི་ཁྲོད་དུ་རང་གི་གྲིབ་མ་བོར།
ཁོ་མོ་ཐོན་དུས། གངས་ལྟ་རུ་བརྗེས་ནས། ཁོའི་མི་ཚེ་ལ་ཁ་དོག་བསྒྲུན།

༣༤

ཁེར་རྐྱང་དུ་འཕུར་བའི་རྒོད་པོ། གངས་འདབ་དུ་ལུས། ཟུངས་ཟད་ནས་ཨ་ཐང་ཆད་དུས།
ཐང་ཆེན་དུ་བབས་ནས། འཚོ་སྐྱོད་བྱེད་པའི་མཚོ་མོ་ཞིག་རྙེད་ངེས།
རྒྱང་དུ་བཞུད་པའི་འཁྲམ་པ། ཆུ་དོགས་སུ་ཡོད། རང་ལ་འཁྱོད་བཤགས་བྱེད་དུས།

གན་རྒྱལ་དུ་བརྒྱལ་ནས། སྙིང་རྗེ་ཡི་མར་མེ་ཞིག་རྙེད་ངེས།

༣༥

རི་གླུང་དུ་འགྲིམས་པའི་ཁེར་འགྲོ འཇིག་རྟེན་གྱི་གླུ་སྐད་ལ་གསན་འདོད།
ཁྲུག་མའི་ཁ་ཕྱེ་ནས། བར་སྣང་གི་རྒྱུ་སྐར་ནང་དུ་བཙུག
རྩྭ་ཐང་དུ་བཞུད་པའི་མགྲོན་པོ། སྒྲོན་མེ་བཀར་བའི་མཚན་མོ་ལ་རེ་ཡོད།
མོའི་སྙེས་འཁྲམ་ནས་ཉན་དུས། ཕྲོ་ལྷུང་གི་མེ་ཏོག་ལ་གསང་གཏམ་བཤད་པ་ཐོས།

༣༦

བརྩེ་དུང་ནི་ལམ་སྟོན་གྱི་སྒྲོན་མེ་ལྟར་དུ་སྣང་མོད། འདོད་ཆགས་ནི་རྟོན་པའི་རྣོ་གྲིའི་ཚུལ་དུ་འདུག
འཁོར་བའི་མི་གང་དུ་ཡོད། མིག་ཆུ། ནམ་ཞིག་ལ་འཕྲིན་ཡིག་བརྣན་པར་སྤྲགས་ངེས།
སྙན་ངག་ནི་བརྩེ་དུང་གི་བདེན་དཔང་དུ་སྣང་མོད། གཏམ་རྒྱུད་ནི་ཕན་ཚུན་བར་གྱི་སྒྲུང་
གཏམ་གྱི་ཚུལ་དུ་འདུག
ཁ་ཆར་ཁྲོད་ཀྱི་མི་གང་དུ་ཡོད། ལས་དབང་། ནམ་ཞིག་ལ་སྐྱེ་བ་རྗེས་མར་ཞུ་ཅག་ལ་སྐྱུག་ངེས།

དཔེ་སྐྲུན་པ། ཨ་སྔགས་ཚེ་རིང་བཀྲ་ཤིས།
རྩོམ་སྒྲིག་འགན་འཁུར་པ། ཀརྨ་ཚེ་རིང་། ཀུའུ་ཤུན་ཅུན།

བོད་རིགས་ན་གཞོན་ཕུལ་བྱུང་སྙན་ངག་པའི་སྙན་རྩོམ་ཕྱོགས་བསྒྲིགས།

བརྩེ་དུངས་མཁའ་དབྱིངས་ཀྱི་སྐར་འོད་དང་མཚུངས།

བཀྲ་ཤིས་ཚེ་རིང་གིས་བརྩམས། དཔལ་མགོན་སྐྱབས་ཀྱིས་བསྒྱུར།

སི་ཁྲོན་མི་རིགས་དཔེ་སྐྲུན་ཁང་གིས་བསྐྲུན་ནས་བཀྲམ།

༢༠༡༨ལོའི་ཟླ་༡༢པར་པར་གཞི་དང་པོ་བསྒྲིགས།

༢༠༡༨ལོའི་ཟླ་༡༢པར་པར་ཐེངས་དང་པོ་དཔར།

དེབ་ཚད། ༡༩༦mm × ༢༡༠mm

དཔར་ཤོག ༥.༧༥

དཔེ་རྟགས། ISBN 978-7-5409-7329-2

དཔེ་རིན་སྒོར། ༣༥.༠༠